스님의 정원

스님의 정원

글 · 지문조
그림 · 희 상

담앤북스

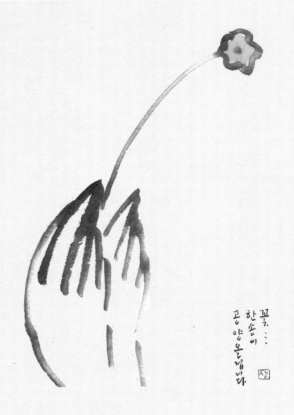

꽃 한송이
공양올립니다

지하(智霞) 스님은

고등학교 졸업 후 법주사에서 추담 스님을 은사로 출가하여 종비 1기생으로 동국대학교를 졸업하였다. 30대 후반의 젊은 나이에 실상사 주지를 지내고 이어 쌍계사 주지를 역임하였으며 이후 중앙승가대학 총장, 종회 의장으로 활동하시다가 모든 것을 내려놓고 세납 64세에 봉암사 3년, 정혜사 3년 등 6년을 선방에서 수행하셨다. 실상사 주지로 있던 시절 어린 저자와 하림을 만나 장성할 때까지 부모로서 때론 스승으로서 보살펴 주었으며 지금은 인천의 작은 토굴에서 유유자적한 삶을 몸소 보여 주고 계신다.

우리 스님께 깊은 사랑을 드립니다

최근 몇 달간 주말이면 쌍계사 아래에서 스님을 생각하며 살았다. 장시간 컴퓨터 앞에 앉아 글을 써야 한다는 것은 고통의 시간이었지만 글을 쓰는 내내 스님과의 옛 추억을 떠올리는 행복한 시간이기도 했다.

이 글에서 소개하는 지하(智霞) 스님은 다섯 살에 부모를 잃고 하루 아침에 고아가 된 나와 형을 장성할 때까지 보살펴 주셨다. 너무 어린 나이에 부모님이 돌아가신 탓에 속가에서 말하는 부자지간의 정이라는 게 어떤 것인지 잘은 모른다. 하지만 어느덧 두 아이의 아빠가 된 나는 철없는 아이들의 노는 모습을 볼 때면 스님과 함께했던 나의 어린 시절을 떠올리며 스님에게 부자지간의 정을 느낄 때가 있다. 한창 예민했던 사춘기 시절에도 우리 형제가 고아라고 느끼지 못하고 살았으니 스님의 자식 사랑은 여느 아버지 못지않으셨다고 생각한다.

이 책은 코흘리개 어린 시절부터 성인이 될 때까지 스님과 같이 살면서 겪었던 소소한 일상을 20년이 훌쩍 지난 지금의 시점에서 돌아본 것이다. 서른일곱 젊은 나이에 말썽꾸러기 어린 남자 아이 둘을 절에 데려와 건강하게 잘 키워 주신 것에 대한 고마움의 글이기도 하고, 스님과 함께했던 날들을 돌아보며 속가에 사는 내가 어떻게 살아야 좋을지 생각해 본 글이기도 하다.

이 글을 쓰면서 마치 타임머신을 타고 과거로 돌아가기라도 한 것처럼 어린 나와 형이 이리저리 절 마당을 뛰어다니고 젊은 스님이 낭랑한 목소리로 우리를 부르는 것을 생생하게 다시 떠올릴 수 있었다. 그리고 이제는 속가의 형에서 중년이 된 하림 스님과 어느덧 희수연을 맞이하신 스님을 인터뷰하면서 철없는 아이였던 나에게 상처가 남지 않도록 쉬쉬하며 지나간 안타깝고 슬픈 이야기도 들을 수 있었다. 하지만 가늠조차 하기 어려운 스님의 깊은 사랑을 한없이 능력이 모자란 내가 이 책에 모두 담을 수는 없는 노릇이다. 그저 송구하다는 말씀과 함께 지나온 모든 것에 감사하고 또 감사했다는 말씀을 이 자리를 빌려 전하고 싶다.

　끝으로 여러모로 부족한 이 책이 출판되기까지 애써 주신 나의 형 하림 스님, 언제나 눈부시게 아름다운 외모와 따뜻한 마음을 가진 분으로 기꺼이 삽화를 그려 주신 희상 스님, 계절이 두 번 바뀌도록 주말을 반납한 나를 큰 불평 없이 기다려 준 나의 아내 김화영과 두 아들 한웅과 한인, 그리고 글을 어떻게 써야 하는지도 모르는 한심한 작자를 끝까지 믿어 주고 이끌어 주신 오세룡 담앤북스 대표님과 출판사 관계자 모든 분들께 고마움을 전한다. 무엇보다 고령에도 기꺼이 장시간 인터뷰에 응해 주신 아버지, 우리 스님께 깊은 사랑의 마음을 담아 드리며 부디 어리석은 자식의 부족한 글이 스님께 누가 되지 않기를 바랄 뿐이다.

2016년 10월

스님의 막내 **지문조**

가슴에 남아 있는 따뜻한 기억

한 사람의 인생을 기억하고 기념하는 것은 그 사람의 삶을 들여다
보고 싶어서일 것입니다. 저와 이 책을 쓴 동생은 이런 마음으로 책을
계획하게 되었습니다. 저의 은사이신 방지하 스님은 어린 시절 이 절
저 절을 떠돌던 우리 형제를 만나 부모가 되어 주셨고 당신의 살아가
는 모습을 통해 우리들 인생의 이정표가 되어 주셨습니다.

올해 희수를 맞이하신 스님에게 무엇인가 기념이 될 만한 것을 선
물해 드리고 싶었습니다. 마침 동생이 스님의 자서전을 써서 선물하
면 어떻겠느냐는 제안을 하고, 듣고는 바로 이거다 싶어서 부탁을 하
게 되었습니다. 반드시 훌륭한 사람만이 자서전을 내는 것은 아닙니
다. 일상인의 삶도 누구 못지않게 소중한 삶이고 이를 기록해서 후손

들에게 전해 준다면 더 값진 부모님의 모습이 전해질 것이라는 의견이 가슴에 와 닿았습니다.

가슴에 남아 있는 스님과의 기억은 특히 제 삶에 이정표가 된 장면들입니다. 스님은 서른일곱의 젊은 나이에 지리산이 보이는 넓은 논 가운데 덩그러니 놓인 적막하기만 했던 실상사에 첫 주지로 오게 되었습니다. 아이들이라도 두어 명 있으면 좋겠다고 일주일 기도를 하고 서울에 일을 보러 가신 날 저녁에 우리 형제는 영원사에서 내려와 실상사에 도착하게 되었습니다. 제가 12살이 되던 때였습니다. 사실인지 확인할 길은 없지만 누군가 해 준 그 이야기를 들은 나는 갑자기 귀중한 사람이 되었습니다. 숫기 없고 기죽어 살던 한 아이가 그 이야기를 듣는 순간 동네에서 제일 큰 집에 사는 큰 아이가 된 것입니다.

한 번은 스님이 서울을 다녀오면서 나와 함께 논두렁을 걸어 실상사로 갈 때입니다. 스님은 초등학교 5학년에 불과했던 나에게 "그동안 절을 잘 지키고 있었나?"라고 물었습니다. 이 한마디가 제게는 '스님이 나를 믿고 계시는구나!'라는 믿음으로 전해졌고 그 후로 저는 실상사의 주인이 되어서 새벽 기도도 저녁 기도도 힘들지 않게 할 수 있었습니다. 그렇게 가볍게 던진 말 한마디가 지금까지도 꺼지지 않는 힘이 되어 세상일에 자신감을 가지고 살 수 있는 큰 원동력이 되었습니다.

청소년기에 저는 학교를 다니는 일에 큰 의미를 느끼지 못하고 '도통하면 된다.'고 툭하면 가출해서 다른 절에 가 있곤 했습니다. 그러다가 다시 돌아갈 때면 크게 혼이 날 거라 걱정했는데 스님께서는 한 번도 저를 무작정 다그치지 않고 사유를 묻고 가출의 이유를 차분하게 들어 주셨습니다. 지금 생각하면 말도 안 되는 그 이유를 듣고도 "그렇게 생각할 수도 있었겠네! 그래, 이제 공부 마칠 때까지 열심히 해라!"라는 말로 넘어가 주셨습니다. 이런 모습이 자식을 키우는 부모의 입장에서 얼마나 보여 주기 어려운 장면인지를 살면서 느끼게 되었습니다. 또한 스님은 제가 어디에 사는지 소식을 들을 때 눈물을 보였을망정 한 번도 찾으러 오지 않으셨습니다. 스스로 돌아올 때까지 오랜 시간을 묵묵히 기다려 주셨습니다. 스님의 이런 모습은 다른 어느 훌륭한 사제지간의 이야기에서도 아직 들어 보지 못했습니다.

스님이 출가하신 지 얼마 되지 않았을 때 대한불교조계종 총무원에서는 교구 본사별로 장학생을 한 명씩 선발하여 동국대학교에서 공부하고 학교를 졸업하면 총무원의 소임을 맡도록 하였습니다. 스님도 이런 연유로 종단 장학생이 되어 동국대학교를 다니게 되었고 졸업 후에는 총무원의 요구에 따라 평생 종단에서 중요한 역할을 하셨습니다. 그러나 희수연을 맞이하는 지금까지 무엇 하나 욕심을 내거나 소유하신 것이 없습니다. 30여 년 전 어느 비구니 스님의 딱한 사정을 듣고 비구니 스님의 빚을 대신 갚아 주고 얻은 허름한 무허가 건물에 사시면서도 이거면 충분하다고 늘 만족해하는 모습은 제게 작은 것에 만족하며 사는 삶이 어떤 것인지를 몸소 보여 주고 계십니다.

더위가 오면 마당의 평상에 모기장을 치고 주무시고 겨울이 오면 이불을 둘러쓰고 상좌들의 인사를 받던 모습이 지금도 제 가슴에 그대로 남아 있습니다. 공간이 없어서 방 한가운데서만 허리를 펼 수 있는 작은 다락방을 만들어 사시면서도 송영길 인천시장이 제일 좋아하고 부러워하던 공간이라면서 뿌듯해하시기만 합니다. 검소하게 사는 삶은 누구에게 자랑할 것은 아니더라도 부끄러워하지 않을 때에 빛나는 것이라 생각됩니다.

제가 부산 시내에 있는 미타선원에 살면서 조금 불편하다고 투덜대다가도 그래도 머리 부딪히지 않고 걸어 다닐 수 있는 방이 있고 방 안에서 이불 둘러쓰고 모자까지 쓰고 앉아 상좌를 맞이할 정도는 아니니 스님께 부끄러울 따름입니다. 이와 같이 스님의 검소한 모습을 보고 자란 저와 동생은 세상에 대한 두려움이 없습니다. 배고프지 않으면 고맙고 누울 수 있으면 감사하고 입을 옷이 있으면 맘 편할 뿐입니다. 저희는 그런 자신감으로 살아왔습니다.

올해로 77세 희수가 되신 지금은 누구보다도 소탈하게 인생을 즐기는 스님을 뵐 수 있어서 저의 노년의 길잡이가 되어 주고 계십니다. 언젠가 번듯해 보이는 차가 생겼기에 "아고! 스님, 좋은 차가 생겼습니다." 했더니 "이거, 대구에 있는 아는 사람이 중고차 가게를 하는데 상태 좋은 차가 나왔다고 해서 구입한 거여!"라고 하십니다. 태워 달라고 했더니 조수석에 이런저런 짐이 많아 태울 수 없다고 하십니다. 스님의 작은 토굴 차는 지금도 번듯하게 스님 마음이 흘러가는 대로 전국 어디든 스님을 모셔 가고 모셔 오고 있으니 가장 사랑하고 잘 달리는 발이 되고 있습니다.

스님을 회상하면 가슴에 남아 있는 따뜻한 기억들이 살아나고, 입가에는 가벼운 미소가 번집니다. 이런 분을 제 은사로, 부모로 이번 생에 만난 것이 무척 자랑스럽습니다. 우리의 작은 안경으로 스님의 큰 모습을 다 담을 수 없지만 그나마 작은 책에 조금은 담을 수 있지 않을까 하는 마음으로 책을 준비해서 출판하게 되었습니다.

누군가에게 부모와 스승에 대한 감사함과 고마움이 전해져서 함께 공감할 수 있는 계기가 된다면 그것만으로도 매우 감사한 일이 될 것입니다. 그동안 글 쓰느라 애쓴 동생이자 저자에게 깊은 존경의 마음을 전합니다.

인연된 모든 분들에게 감사드립니다.

미타선원 주지 하림 스님

Contents

스님과의 만남

영원사에서 나의 형 하림 스님과 재회하여 같이 산 지 몇 달 안 된 어느 날이었다. 외할머니가 절에 오셔서 우리와 하룻밤을 같이 자고 다음 날 보따리를 싸서 우리를 실상사로 데리고 갔다. 당시 나와 하림 스님의 보따리라고 해야 옷가지 몇 개가 전부였다.

솔직히 은사 스님과의 첫 만남이 어땠는지에 대한 기억은 없다. 짧은 기간에 이곳저곳을 많이도 옮겨 다녀서 그런지 실상사도 잠깐 머무는 곳이라 생각해서 처음에는 무신경했던 것도 같다. 스님은 젊고  잘생긴 삼촌 정도로 보였다고나 할까. 당시 스님은 어린 내가 보기에도 웬만한 배우가 울고 갈 정도로 잘생긴 분이셨다.

실상사는 지금까지 내가 보아 온 산속의
작은 암자가 아니라 툭 터진 넓은 논 가운
데 큰 숲을 이루고 있는 어마어마하게 큰 절
이었다. 대웅전, 약사전, 명부전, 미륵전에 커다란
창고와 요사채(생활 공간)가 세 동이나 있고, 그런 절
주변을 셀 수 없이 많은 감나무와 배나무, 밤나무,
잣나무 등 과실수가 감싸고 있는, 어린 내 마음에
도 딱 마음에 드는 그런 절이었다.

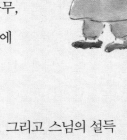

　그렇게 당시 37세의 젊은 스님과 어린 아이 둘, 그리고 스님의 설득
으로 공양주 보살이 되신 스님의 고모님이 같이 살게 된 것이다.

스님의 정원

2016년 여름, 나와 하림 스님은 오랜만에 스님 절에서 자고 아침 공양도 같이 했다. 공양주 보살님이 끓여 주시는 모닝커피도 한 잔 하고 나니 나른해져서 보살님 방에 잠시 누웠는데 스님께서 지팡이를 들고 나가시는 게 보인다.

"어디 가세요?"

하림 스님과 나는 산책 삼아 스님과 함께 절 뒤의 작은 바위 동산을 올랐다.

"문조! 이게 뭔지 아나?"

"복숭아나무 같은데요, 아닌가요?"

"응, 그래. 삼색도화! 꽃이 세 가지가 핀다고 해서 삼색도화여!"

"이건 깨금나무. 너거 깨금나무 알아? 산에 가면 있는 거. (손가락을 작게 오므리며) 열매가 요래 달리면 아주 고소해."

"아! 어렸을 때 본 것 같아요."

"이건 화살나무! 봄에 뜯어서 나물 해 먹는 거고, 이건 배고플 때 우리가 캐 먹던 땅감자! 산에 들에 이게 많이 나. 씨가 잘 번져. 이건 쥐똥나무. 꽃이 피면 향이 대단히 좋지. 까만 쥐똥 같은 열매가 달려."

하림 스님은 아까부터 통화 중이다.

"뭔 전화가 저래 많이 오노?"

스님의 얼굴에 살짝 실망감이 비쳤지만 내친김에 하시던 말씀을 이어 간다.

"이건 매화나무, 감나무, 사과나무, 이건 나물 해 먹는 가죽나무, 봉암사에서 온 족두리꽃, 이건 진달래. 자연산인데 봄이 되면 꽃이 아주 좋아. 산초나무, 국화, 이거는 왕버찌나무! 이건 전부 홍매실, 이거랑 저거 저거는 체리나무. 세 그루 갖다 심었지. 가시오가피도 있고, 배나무, 이건 음나무. 음나무는 나물도 좋고 약도 되지. 이건 자두나무, 저건 청매실. 하얀 꽃이 피지, 아름다운 꽃이. 저건 블루베리…."

한참을 설명하시던 스님께서는 "없는 게 없지? 감나무 네 그루, 단감나무, 대봉나무. 종류가 다 그런 거여."라며 웃으신다.

"찔레도 심었어요?"

"찔레가 꽃이 좋잖아. 그래서 내가 심었지."

"이게 다 스님이 가져다 심은 거예요?"

"그렇지. 내가 여기 와 살면서 여러 해 심은 거여. 여기 땅 밑이 큰 바위라서 많이 가물 때 물 안 주면 죽어. 시장에서 사다가 심고, 봉암사, 표충사, 천은사 여기저기서 옮겨 와서 심었지."

스님의 자랑은 계속된다.

"너거 오늘 참 귀한 거 본다. (소나무 아래의 나무뿌리 근처에 난 갈색 버섯을 가리키며) 이것이 무엇인고 하니, 영지버섯이여!"

"아! 이게 영지버섯이에요? 엄청 귀하다고 들었는데. 버섯이 땅바닥에서도 나요?"

"그럼. 나무 꼭대기서만 나는 게 아니여. 허허! 이건 원추리. 표충산에서 캐 온 거고, 꽃이 피고 나물도 해 먹고….."

스님의 꽃나무 자랑은 하루 종일 해도 끝이 없어 보인다.

"절 마당에 있는 보리수는 하림이가 가져다준 거고, 이거는 중암이가 보내 준 치나무. 우리나라 높은 산에 있는 치나무가 보리수처럼 향이 참 좋거든. 중암이가 봉암사에서 하안거 끝나고 캐다가 갔다 줬는데 물을 자주 줘도 잔뿌리가 없으니까 자꾸 말라 죽더라고.

잘 키운다고 하는데 잘 안 돼."

스님의 뒷동산에는 전국 각지에서 정성을 쏟아 옮겨 심은 나무들이 가득하다. 봉암사와 정혜사에서 안거를 마치고 나올 때 스님께서 직접 캐다 심은 것도 있고, 상좌들이 귀한 나무라고 가져다준 것도 많다. 그것도 모자라 스님께서 여기저기 발품을 팔아 사다 심은 나무들도 있다.

어느새 박박 민 스님의 정수리 부분에서 땀이 봉긋 솟더니 이마와 목덜미를 타고 흘러내렸지만 스님의 정원에 대한 자랑은 끝이 날 줄 모른다.

스님은 과거 고향인 경북 울진에서 농업고등학교를 다니면서 임학을 전공하셨다. 먹고살기 힘들기는 승속이 다를 바 없던 시절에 스님께서 전공한 임학 지식은 절에서 탁월한 재주를 발휘했는데 실상사 주지로 계실 때는 고추, 감자, 배추, 무, 가지, 옥수수, 느타리버섯까지 농사를 참 많이도 지으셨다. 덕분에 우리는 고기 빼고는 먹거리가 풍족했다.

"스님께서 학창시절에 임학을 전공하신 게 도움이 많이 되나 봐요."

"그럼, 농고 출신은 다르지. 농고 출신은 달라."

"저처럼 노무사 하는 동기 중에 저보다 먼저 귀촌한 놈이 있는데,

우연인지 십여 년 전부터 실상사 앞에 있는 마을에 살아요. 저나 그 녀석이나 행정학과 출신인지라 농사의 농 자도 몰라요. 그 녀석 처음에 고추 농사 엄청 짓다가 완전 실패했거든요. 그런데 몇 번 실패하더니 요즘은 농사를 잘하나 봐요."

"허허, 그래. 실패가 성공의 어머니인 것이여. 실패하는 것이 농고 나온 것보다 낫지."

스님은 절 뒤의 큰 바위 위에 자리 잡은 척박한 땅에 10년, 20년 후에나 완성될 정원을 손수 가꾸고 계셨다. 백세 인생이라고는 하지만 올해 벌써 희수를 맞이하신 스님께서 손수 일군 스님의 정원에서 나온 싱싱한 과일을 맛볼 수 있을까?

왜 이렇게 고생을 하면서 나무를 키우는지 물어보고 싶었다. 그러나 하림 스님에게 그리고 절에 찾아오는 상좌들에게 틈만 나면 이 나무는 어떻고 저 나무는 어떻고 부지런히 설명하시는 걸로 답은 들은 것이다. 주름 하나 없이 팽팽했던 스님의 얼굴에 어느덧 검버섯이 드문드문 피었다.

아직은 그리 크지 않은 나무들이지만 머지않아 스님의 절에는 계절별로 꽃과 열매가 가득한 극락세계를 닮은 정원이 펼쳐지리라.

스님, 차 한 잔 합시다!

　2016년 7월 17일 오후 1시경, 집 앞의 텃밭에서 키운 토마토를 손수 갈아서 만든 '아내 표 파스타'로 이른 점심을 때운 나는 아내가 운전하는 차를 타고 구례를 거쳐 남원역에 도착했다. 아직 열차 시간이 남아 있던 나는 심심해서 따라온 아이들에게 햄버거를 사 주고 잠시 아내와 커피를 마시며 이런저런 얘기를 나누는데 햄버거를 다 먹고 나서는 심심해 죽겠다는 아이들의 성화에 차라리 혼자 있는 게 낫겠다 싶어 아이들과 아내를 막 돌려보낸 후였다.

　플랫폼의 의자에 앉아 느긋하게 서울행 열차를 기다리며 책을 읽는데 '가만 있거라. 내가 스님을 마지막으로 뵌 게 언제였지?' 하는 생각이 문득 떠올랐다.

　그러니까 십여 년 전 장가갈 때 인사드린다고 아내와 함께 인천 법

융사를 찾아가 뵌 적이 있다. 그리고 5~6년 전쯤 되나? 스님의 노모
께서 돌아가셨다는 소식을 듣고 난생 처음 경북 울진의 불영사 계곡
을 끝도 없이 쭉 따라 올라가서 스님의 고향을 찾아간 기억이 있다.
그 이후에도 간간이 하림 스님을 통해 스님의 소식을 듣거나 미타선
원에서 잠깐씩 뵈었지만 오늘처럼 스님의 삶을 담은 글을 쓰겠다는
생각으로 스님을 찾아가게 되다니. 이제 막 글쓰기가 뭔지 책으로나
마 배워 가는 걸음마 단계라 할 수 있는 나에게 이번 여행은 기대와
설렘보다는 걱정과 두려움 가득한 길이었다.

그동안 스님은 어떻게 변하셨을까? 올해 초에 하림 스님과 얘기하
다 화상 통화를 통해 스님의 모습을 보긴 했지만 막상 스님을 인터
뷰하려니 너무 늙으셔서 기력이 없거나 기력이 있다 해도 너무 오래된
일이라 기억이 잘 안 난다고 하시면 어떻게 하나 걱정이 앞선다. 이런
저런 생각으로 마음이 복잡한데 하림 스님으로부터 전화가 왔다. 늘
그렇지만 반쯤 졸리는 목소리의 하림 스님은 말한다.

"어디고? 쭈욱 가다가는 서울 간데이. 졸지 말고 있다가 광명에서
꼭 내리라."

생각해 보면 어릴 때부터 하림 스님은 나보다 나이가 좀 많다고 마
치 나의 보호자라도 되는 양 잔소리를 해 댔다. 가령 새벽 기도 시간

에 늦지 않으려면 일찍 자야 한다거나, 밥때를 놓치면 밥을 안 주니 제 시간에 꼭 자리에 앉아 있어야 한다거나, 큰 소리로 쿵쾅거리고 걸으면 스님께 혼나니 늘 조심스럽게 걸어야 한다는 둥. 그런데 사실 하림 스님이 성인이 되기까지 늘 내가 더 챙겨야 했다. 신기하게도 새벽 기도 시간은 놓치는 법이 없었지만 평소에 소지품을 잃어버린다거나 약속을 잊는 것은 죄다 하림 스님이었다. 꼼꼼한 내가 그러는 경우는 손에 꼽을 정도였다. 오죽하면 스님께서 "문조는 밖에 나가 살아도 되는데 문옥(하림 스님의 속명)이는 천생 절에서 살아야지, 저래 가지고 어데 가서 살겠노?"를 입에 달고 사셨을까. 그런데도 하림 스님은 그때도 형 노릇을 했고 지금도 그렇다.

광명역에서 하림 스님을 만났다. 멀리서 보고도 바로 알겠다. 피가 당기고 뭐 그런 것은 아니다. 웬 스님이 오른쪽 어깨에 깁스를 하고 왼손으로 엉거주춤 배낭을 들고서 주위를 두리번거리고 있다. 단정하게 입어야 할 겉옷은 반쯤 걸쳐진 채 언제 바닥에 떨어질지 모르는, 누가 봐도 한눈에 띄는 고상한 자태로 보아 틀림없는 하림 스님이었다.

남들 보기 창피하게도 이 스님은 축구에 미쳐서 허구한 날 발목에 붕대를 감았다가, 손목에 붕대를 감았다가, 허리에 붕대를 감았다가 하더니 이번에는 어깨가 부러져서 한동안 입원까지 했다. 이런 분은 늘 옆 사람이 괴롭기 마련이다. 배낭을 받아 들었다. 버스를 탈까, 택시를 탈까 고민하다가 돈이 좀 아깝긴 하지만 '팔 병신' 데리고 버스 타고 이리저리 끌고 다니면서 고생시키느니 택시를 타는 게 낫겠다고 생각했다.

택시를 타도 옆 자리에 앉은 하림 스님은 여전히 바쁘다. 택시를 타기 전부터 택시를 타고 인천 연수구 동춘동의 작은 마을 뒷산에 있는 법융사 근처에 내리기까지 30분 가까이 쉬지도 않고 상대를 바꿔 가면서 전화 통화를 계속한다. 동행한 자는 꾸어다 놓은 보릿자루도 아니고 부득이 침묵 속에 빠져야 했다.

법융사에서 근 3년 만에 스님을 뵈었다. 하림 스님의 어깨를 본 스님은 놀라기보다는 한심하다는 듯 끌끌 혀부터 차신다.

"또 공 찼나?"

스님은 한눈에 사태를 알아보셨고, 여차저차 구구절절 변명하려던 하림 스님은 다시 울리는 휴대 전화 벨 소리에 죄송하다면서 스님과의 대화를 일방적으로 끝냈다. 그런 하림 스님에게 손짓을 하시며 스님은 우리를 당신의 거처인 다락방으로 안내하신다.

부엌과 거실로 이어지는 통로 사이 좁은 계단을 올라 다락방에 이른 우리는 스님께 큰절을 세 번 올리고 이제 막 문안 인사를 드리려는데 또 하림 스님에게 전화가 온다. 통화는 10분 넘게 이어진다. 오랜만에 스님을 만나 뵌 것이고, 절에 도착한 지 20분이 족히 지났건만 우리의 대화는 짧았고 스님도 하림 스님의 통화가 끝나기를 기다리는 눈치셨다. 이런 상황이 적잖이 불편하셨던지 스님께서 인터뷰는 좁고 더운 다락방보다는 시원한 마당의 은행나무 그늘에서 하는 게 좋겠다고 하신다. 우리는 다시 좁은 계단을 내려가 은행나무 그늘 아래에 앉았다. 하림 스님은 아직도 통화 중.

결국 스님께는 오늘 만남의 취지에 대해 근 3년 만에 만난 내가 세세하게 설명해야 했다. 하림 스님은 여전히 통화 중. 스님은 어디서부터 말을 꺼내야 할지 감을 잡기도 어려운데 정작 이 자리를 주선한 하림 스님은 계속 딴짓이다.

늘 그랬다. 특히 용두산 미타선원의 주지가 되고 난 이후로는 더욱 그랬다. 통화 중이거나 전화를 받지 않거나. 어떤 땐 아예 전원이 꺼져 있다. 한번은 나에게만 일부러 그러는 줄 알고 미타선원 보살님에게 넌지시 물어본 적도 있다. 마찬가지란다. 그분들을 포함해서 스님들이고 신도들이고 다들 한 번씩 오해한다고 하면서 '썩소'를 날렸다.

올해 들어서 나와 우리 가족은 도심의 답답한 생활을 정리하고 유

년 시절 내가 살았던 쌍계사 입구의 용강이라는 마을로 이사를 했다. 당연하게도 나의 두 아들은 전교생이 마흔 명 남짓한 쌍계초등학교의 자랑스러운 후배가 되었고, 같은 초등학교의 한참 후배인 아내는 텃밭에 상추, 고추, 가지, 오이, 토마토, 딸기, 작두콩과 그 밖에 뭘 심었는지도 모를 만큼 많은 농작물을 키우면서 귀촌한 여러 아주머니들과 수다 떨며 논다고 바쁘게 산다. 먹고 사는 문제가 있다 보니 우리는 자연스레 주말부부가 되었고, 나의 경우 주말과 수요일에 버스를 타고 편도 2시간이 넘는 시간을 부산과 하동을 오가야 하는 불편함이 있지만 촌에서 즐기는 전원생활의 기쁨에 비할 바가 되겠는가!

초중고 시절 13년을 산속의 절에서 살다가 도시로 나와 살게 된 내가 속세의 삶을 표현하자면 어찌됐건 심신이 뭔가에 쫓기듯이 바쁘다는 것이고, 그러다 보니 여유가 없고 일상이 지쳐 간다는 것이다. 또 하루 일과 중의 일도 일이지만 일과 이후에도 이런저런 모임에 자의 반 타의 반 참석하다 보니 주중에 하루도 빠짐없이 술을 마신 적도 있다. 그래서 생각했다. 일단 도시를 벗어나자! 출퇴근 시간이 길어지고 사랑하는 자식과 아내를 주말에나 볼 수 있다는 아쉬움이 있겠지만, 한편으로는 멀리 촌에 가야 한다는 핑곗거리가 있으니 주말에라도 술 안 마시고 내가 하고 싶은 일 하면서 삶의 여유를 찾을 수 있지 않겠는가?

효과 만점이었다. 2시간이 넘는 장거리 버스 여행은 그 시간 자체가 삶에 여유를 가져다주었다. 버스 안에서 그야말로 나의 삶은 내 마음대로다. 음악 듣고 싶으면 음악을 듣고, 보고 싶은 책이 있으면 책을 본다. 잠이 오면 잠을 자고, 멍하니 지나가는 풍경을 보고 싶으면 그렇게 한다.

주말에 바뀐 나의 삶은 또 어떤가? 일단 금요일 저녁에 집에 가야 하니 불타는 금요일이 사라진 대신 저녁 시간을 가족들과 함께 보내게 되었다. 아이들과 같이 텔레비전을 보고, 바둑을 두면서 나의 천재성을 유감없이 인식시키거나, 음악을 듣고 기타를 치면서 노래를 부르는 배짱이가 되기도 한다. 주말의 나의 모습은 특별히 그날 먹을 만큼의 고추를 따거나 상추를 뜯어야 하는 일 따위가 아니라면 누워서 얼굴이 둥글둥글해질 때까지 뒹굴거리며 책을 보고 음악을 듣고 그러다 잠이 오면 그냥 잔다.

절에서 나올 때만 하더라도 25년 후 나와 하림 스님의 삶이 이렇게 달라질 거라고는 생각하지 못했다. 하림 스님은 고등학교를 졸업할 무렵에 스님이 되었다. 그리고 그 뒤로도 무려 30년 가까이 절에서 살고 있다. 반면 나는 고등학교를 졸업하고 25년이 넘도록 속가에서 살고 있다. 그런데 웬걸. 속세에 사는 나보다 절에 사는 스님이 더 바쁘다. 이건 뭐 비교 대상조차 못 된다. 사실 스님 얘기를 지근거리의 하림 스님이 아니라 내가 쓰게 된 것도 속가에 사는 내가 더 한가하기 때문이었다.

도대체 하림 스님은 왜 바쁜가? 진짜 궁금해서 "뭔 중이 이래 바빠?"라고 물으면 "니가 중이 안 돼 봐서 그래. 궁금하면 너도 머리 깎아." 하고 만다.

과거 13년을 절에서 살았으니 나도 스님들이 왜 바쁜 줄은 좀 안다. 절이라고 전기, 수도, 가스가 말썽을 안 일으킬 리 없으니 문제가 생기면 제때 해결해야 하고, 초하루니 지장재일이니 관음재일이니 해서 매달 하는 법회는 기본이며, 사십구재니 천도재니 재 지내는 것만 해도 바쁜데, 더욱 큰일은 속세의 고달픈 중생들이 딱히 자기 고충을 하소연할 데가 없다 보니 그들 딴에는 늘 한가해 보이는 스님들께 이런저런 고민 상담을 늘어놓게 된다는 것이다. 부처님을 닮았으면 자애로운 척이라도 해야 할 스님이 그러한 신도를 탓할 순 없으니 밑도 끝도 없는 그들의 고민을 들어 주고 어떤 일은 오지랖 넓게 해결책을 찾아 주기도 하다 보면 늘 시간이 부족할 수밖에 없는 것이다.

속가에서는 비교적 친한 사람을 만났다가 헤어질 때쯤 으레 "우리 언제 술 한 잔 해요."라고 하지만 대부분은 그냥 빈말일 뿐, 오히려 지금 바로 날 잡자고 하면 웬만해선 실례가 될 일이다. 절에서도 신도들은 으레 스님께 "언제 시간 되면 차 한 잔 해요."라고 하는데, 속가의 일과 달리 신도들은 실제로 그렇게 할 수 있다고 생각한단다. 그래서 전화하면 아무 때고 차 한 잔 나누면서 인생사 고충을 나눌 수 있을 것이라고 생각한다는 것이다. 왜냐고? 스님들은 자기들보다 훨씬 한가하다고 생각하니까.

물론 자신의 공부에 매진하면서 비교적 한가로운 삶을 즐기는 스님들도 많다고 한다. 그러나 천수천안(천 개의 손과 천 개의 눈을 가진) 관세음보살이 아닌 다음에야 속세의 중생과 함께 살며 동고동락하는 포교당의 스님들이 한가할 리 있겠는가?

바쁜 와중에도 전원생활을 꿈꾸며 주말이면 촌에서 뒹굴거리는 내가 생각해 보건대 연중무휴 신도님들의 이야기를 들어줘야 하는 스님들에게 "스님, 언제 차 한 잔 합시다!"라고 말하는 것은 참으로 무서운 말이다.

곶감

"이리 주세요. 이런 건 제가 잘해요."

처음 우리 집에 놀러 온 아내의 친구가 사과를 깎으려는 찰나에 날름 과도를 넘겨받는다. 그리고 이미 열 번도 더 했을 얘기를 재미삼아 꺼낸다.

"제가 예전에 실상사라는 절에서 살 땐데요, 가을 되면 의무적으로 감을 깎아야 했어요. 곶감을 만드는데 한 접(100개)을 깎지 않으면 잠을 못 잤어요."

"에이, 진짜요?"

"진짜로요. 그렇게 깎은 감 꼭지 부분을 실로 꽁꽁 묶어서 대청마루에 주렁주렁 매달아야 하루 일과가 끝났거든요."

그랬다. 한 접이라고 하는 건 좀 과장된 기억이겠지만 가을이면 한

해도 거르지 않고 감을 깎으면서 다져 온 고난도 솜씨는 어느새 나의 큰 자랑거리가 되었다.

때는 내가 전북 남원시 산내면의 실상사에서 살 때이니 1977년부터 1981년 사이고, 내 나이는 그러니까 8살에서 12살 때였다. 지금의 실상사는 불사를 많이 해서 번듯한 건물에 스님도 많이 살고 신도도 많아 유명한 절이 되었지만 당시 실상사는 전혀 그렇지 못했다. 어렵게 주지 발령을 받은 스님들도 1년을 못 버티고 다 도망가 버려 스님은 물론이거니와 찾아오는 사람이 없는 텅 빈 절이었다. 그런 절에 스님이 37세의 젊은 나이에 첫 주지 소임을 맡아 오게 되었다. 당시 스님은 군법사 생활을 마치고 갓 제대한 상황이었고 잠시 1년 동안 청담중학교에서 아이들을 가르치고 있었다고 한다.

실상사에 대한 흉흉한 소문은 서울까지도 퍼져서 종단으로부터 주지 발령을 받기 전에 스님도 소문을 들은 적이 있다고 한다. 그럼에도 주지로 가겠다고 하니 만나는 사람마다 모두 반대하고 걱정했는데 스님은 '머리 깎은 중이 어딘들 못 가겠나.'라는 생각에 실상사로 내려왔단다.

당시 서울에서 남원까지 한나절 반도 더 걸리는 먼 거리인 데다 남원에서 운봉을 거쳐 인월, 그리고 산내까지 가려면 험산 준곡을 넘어

꼬불꼬불한 아흔아홉 고개를 곡예하듯 넘어야 했다. 그렇게 어렵게 지리산 자락에 위치한 산내면에 도착하니 지리산 뱀사골에서 내려오는 많은 물이 천을 이루고 있었고, 시내의 가운데는 마을 사람들이 물을 건너기 위해 나무기둥과 솔가지로 얼기설기 엮어 만든 나무다리가 있었다.

지나가는 사람들에게 실상사 가는 길을 물어보니 저 다리를 건너서 논두렁과 언덕의 작은 동산 사이로 난 길을 따라가면 된다고 했다. 나무다리를 건너니 산촌에선 보기 드문 넓은 논이 나타나고 오른쪽 산으로 이어진 나지막한 언덕에는 뽕나무와 목화, 무와 배추, 고추 등을 심은 그렇게 높지 않은 동산이 쭈욱 이어졌다. 십여 분 정도 동산과 논 사이로 난 좁은 길을 따라 걸으니 외딴 집이 하나 나오고, 그 집을 지나서 살짝 오른쪽으로 꺾어 보니 논 가운데 덩그러니 자리 잡은 제법 큰 나무들과 대나무가 무성한 숲이 보이더란다. 그리고 그 사이에 오래된 담과 드문드문 보이는 기와집들! 틀림없는 절이었다.

그렇게 논두렁길을 따라 절에 들어온 첫날. 다른 절과 달리 평지의 넓은 논 가운데 덩그러니 숲을 이루고 있는 실상사는 듣던 것보다 훨씬 더 처참한 상태여서 도무지 어디부터 손을 대야 할지 엄두가 나지 않았다. 명색이 통일신라시대 구산선문 중의 하나로 국가에서 지정

한 보물 여러 점에 국보까지 있는 절이며, 당시에 국사 교과서에까지 등장했던 그 큰 고찰인데 인적은 간데없고 박쥐 떼만 하늘을 뒤덮을 정도로 날아다니니, 한마디로 '귀신이나 살았을까 사람이 살았다고 도무지 볼 수 없는 절'이 되어 있었던 것이다.

대체 여기서 사람이 살 수나 있겠나 하는 생각이 먼저 들었지만 애써 마음을 다잡은 스님이 처음 한 일은 서울에 혼자 살며 의상실을 하시는 고모님을 설득해서 공양주로 모셔 온 것이다. 그렇게 넓은 절에서 단둘이 살게 된 스님이 공양주가 된 고모님과 함께 공양간의 허물어진 부뚜막을 고쳐 군불을 땔 때 밥을 짓고 살게 되니, 때마다 굴뚝에 연기가 나고 해서 대충 '사람이 사는구나.' 하는 모양은 되었다. 그러나 그때까지만 하더라도 가끔 절 주변을 지나던 마을 사람들이 속으로 '얼마나 버틸까.' 하는 눈치더란다. 그래도 열심히 고칠 것은 고치고 과거 인연을 맺은 신도들에게 부탁해서 생활에 필요한 이것저것을 사다 갖추는 한편, 누가 있거나 없거나 새벽 기도를 시작으로 아침저녁으로 거르지 않고 목탁 치고 기도하니, 하나 둘 보살들이 모여 같이 기도하는 그럴듯한 절이 되어 갔다.

그러던 중에 실상사도 가끔 오고 주변의 이 절 저 절을 다니면서 살던 할머니 보살이 스님께 와서는 지리산 중턱에 영원사라는 절이 있는데 부모 잃은 어린 손자 둘이 거기서 기도하며 산다고 자랑삼아 얘기했다. 가만히 듣고 있던 스님은 가뜩이나 적막한 절에 아이들이라도 있으면 좀 낫겠다 싶었지만 바로 말 안 하고 대뜸 "요즘이 어떤 세상인데 아이들을 그렇게 키웁니까. 애들이 초등학교는 나와야 할 거 아니오. 애들이 거기 살다가 나중에 크고 나면 왜 공부 안 시켰냐고 할머니와 스님을 원망하게 될 거 아니오."라고 하였다. 할머니의 표정이 조금씩 심각해졌다. 가만히 할머니의 표정 변화를 살피던 스님은 이때다 싶어 "거기는 마을까지 십 리도 더 되는 산길이라 학교 못 보내요. 여기는 학교가 가까우니 애들 다니기 쉽고, 내가 책임지고 애들 공부시킬 테니 영원사에 올라가거든 주지 스님께 말씀 좀 잘 드려 보시오."라고 했다.

그리하여 지리산 중턱 영원사에 살던 나와 하림 스님은 실상사에서 스님과 인연을 맺게 되었다. 내가 8살, 하림 스님이 12살이던 때였다.

실상사로 오게 된 우린 그냥 철없는 개구쟁이였다. 당시 우리가 생활공간으로 쓰던 요사채, 그러니까 서른 명도 같이 잘 수 있는 큰 방이 있던 건물은 언제 쓰러질지 불안할 만큼 살짝 기울어져 있었는데,

비가 오는 날이면 우리는 큰 방에서 양말을 말아 공 삼아 축구를 하다가 집 무너진다고 혼나기도 했다. 날씨가 좋은 날에는 통일신라시대 보물인 석등과 삼층석탑 주변을 놀이터 삼아 뛰어다니며 술래잡기를 하고, 여름이면 냇가로 가서 동네 아이들과 물놀이를 하고, 가을이면 대나무 장대로 감을 따고, 절 주변에 널린 밤나무 밑에서 한 광주리씩 밤을 줍던 아이들, 해질 무렵 절 마당에서 '자치기' 놀이를 하다가 보살님이 저녁 먹으라고 소리 높여 부르면 냅다 뛰어가는 그런 여느 동네 개구쟁이들과 다름이 없었다.

문제는 절에 신도가 거의 없다 보니 비교적 시골의 큰 절이라고 해도 돈이 없다는 것이었다. 다행히 밥 굶을 일은 없었는데, 절 주변 논이 대부분 절 소유의 땅이다 보니 가을걷이가 끝나면 절 논을 부친 분들이 쌀을 조금씩 모아 가져다주셨기 때문이다. 그러나 스님이 어떤 분이신가? 머리를 깎기 전에 농업전문고등학교에서 임학을 전공한 분이 아니시던가! 고추, 배추, 무, 감자는 말할 것 없이 버섯까지 키우지 못하는 게 없는 스님이신 데다 짓는 농사마다 풍년이었다.

그래도 돈은 필요했다. 먹고만 살 수는 없는 일이어서 스님은 철마다 우리가 입을 옷과 신발, 책가방과 학용품을 사 주고 가끔 용돈도 주셨으며, 겨울철이면 함양 읍내의 목욕탕으로 데리고 가서 묵은 때도 벗겨 주어야 했다. 그 밖에 쓰러져 가는 담벼락을 복구하고 여름에는 장마가 지기 전에 배수구도 뚫어야 했으며 비가 새는 화장실도 고쳐야 했다. 장마철에는 공양간에 물이 한가득 차서 물을 퍼내는 것만 해도 한나절이 걸렸다. 대웅전이나 약사전, 명부전을 보수하는 것과 같은 큰 불사야 절 자체가 신라시대 고찰로 문화재이니 스님이 계시는 동안 나랏돈으로 했지만, 고찰의 특성상 무너진 담벼락을 다시 쌓는 작은 불사도 많은 돈이 필요했고 그런 일은 스님이 돈을 구해 와서 해결해야 했다.

그래서 우린 때마다 감을 깎아 정성스레 대청마루에 걸었다. 지리산 자락에 위치한 실상사의 겨울은 계절 중에서 유난히 길다. 긴 겨울을 지나면서 아직 한기가 가시지 않았지만 날이 풀려 눈이 녹기 시작할 때가 되면 붉은 빛깔의 곶감은 이러다 썩는 게 아닌가 싶을 정도로 거무튀튀한 색깔로 변하다가 이내 딱딱해지기 시작한다. 그러다가 정말 눈 깜짝할 새 거무튀튀한 곶감이 눈처럼 하얀 분으로 옷을 갈아입을 때쯤, 스님은 조심스럽게 하얗게 분이 앉은 곶감을 내려 단단하게 포장한 다음 걸망에 한가득 담고서 홀쩍 서울로 가셨다.

당시만 해도 동네에서 좀 산다는 친구 몇몇을 제외하고 대부분은 검정 고무신을 신고 학교를 다녔다. 그러나 곶감 팔고, 밤 주워 팔던 우리는 스님의 화려한 장사 소질로 운동화를 신고 다닐 수 있었다. 책가방도 제일 좋다고 할 순 없지만 함양읍 장터에서 번쩍거리는 마징가제트가 선명하게 박음질된 것으로 사서 메고 다녔으니 동네 아이들에게는 부러움의 대상이었다고나 할까. 남들은 명절에나 설빔으로 사 입던 옷을 사시사철까지는 아니어도 종종 장터에서 사 입었다. 그러고 보니 그 시절에 우리 집, 그러니까 내가 살던 절에는 잠금 키가 달린 텔레비전도 있었네!

세 살 버릇 여든 간다고 했다. 남들이 뭐라 하든 난 감, 아니지 지금은 과일 깎는 데 자신이 있다. 특히 빠른 속도로 속살을 다치지 않도록 예리하게 껍질만 벗겨 내는 데 일가견이 있다. 그런 나 자신이 무지하게 자랑스럽다. 그런데 아비의 잘난 DNA를 물려받았을 우리 아이는 초등학교 5학년이 됐건만 사과 하나 깎지 못한다. 심지어 내가 초등학교 1~2학년 때 이미 달인의 경지에 올랐던 설거지, 빨래 널고 개키기, 이불 펴기, 밥상 차리기, 감자 캐기, 고추 따기, 버섯에 물 주기 등 살면서 하기 마련이고 할 수밖에 없는 일들 중 우리 애들은 제대로 할 줄 아는 게 하나도 없다. 도대체 학교와 학원, 집에서 그 많은 시간 동안 뭘 배운 건지, 이래서 갈수록 험해지는 세상을 어떻게 살아가겠다는 건지, 한숨이 절로 나온다.

도대체 어쩌다 이 지경이 되었을까 곰곰이 생각해 본다. 그렇다. 언제부턴가 아이들의 할머니가 가끔 이런저런 집안일에 관심을 보이는 아이들에게 하시던 말씀이 생각난다. "어허이, 저리 가! 남자가 이런 일 하면 큰 사람 못 된다."

그런가? 그래서 내가 큰 사람이 못 되었나? 하지만 난 우리 아들이 큰 사람이 아니라 언제든지 자기 할 일을 알아서 할 줄 아는 멋진 사람이 되기를 바란다. 그래서 할머니 몰래 아이들에게 빨래를 개키라고 시킨다. 싫다고 입이 삐죽 나온 아이들에게 "난 초등학교 1학년 때부터 했거든!" 하고 윽박지르면서.

실상사에서

지금까지 살면서 내 인생에서 가장 행복했던 시절을 꼽으라면 단연 실상사에서 살던 때라 하겠다.

절만 컸지 먹고사는 일이 만만치 않았던 실상사는 1년 중 잣 농사가 가장 큰 농사였다. 절 뒤의 큰 산에는 유독 잣나무가 많았는데 가을이면 인부들과 함께 산에 올라 잣을 따서는 그걸 팔아 1년을 먹고 살았다.

문제는 마을 아이들이 몰래 산에 들어가서 잣을 따 가는 일이 많았다는 것이다. 나와 하림 스님은 그런 아이들을 막아 보겠다고 잘 보이는 산둥성이에 올라 대충 잣 지키는 시늉을 했는데, 그러다간 금세 마을로 내려가서 잣을 훔친 아이들과 술래잡기를 하며 놀았다.

찬바람이 불어 밤이 떨어질 때면 새벽같이 동네 아이들이 절로 들
어와 밤을 주워 갔는데, 그렇다고 스님께서 그 아이들을 혼내거나 내
쫓지는 않으셨다. 그저 우리도 새벽 예불을 서둘러 마치고는 마을 아
이들과 마찬가지로 손전등을 들고 밤을 주울 뿐이었다.

절에는 감나무가 많아서 잘 익은 홍시도 원 없이 먹었지만 크게 잘 자란 호두나무와 아주 맛있는 배가 열리는 토종 배나무도 여러 그루 있어서 가을이면 먹을거리가 온통 넘쳤다.

하림 스님과 나는 보물이 넘쳐나는 넓은 절 마당에서 비료 포대를 접어 글러브를 만들고 나무를 깎아 배트를 만들어서는 풋풋한 복숭아를 따서 야구공 삼아 놀았다. 물론 하림 스님과 내가 늘 사이가 좋았던 것은 아니다. 아이들이 그렇듯이 싸우기도 많이 했다. 한번은 하림 스님이 나를 실컷 놀리다가 도망을 갔는데 내가 잡을 수가 없자 도끼를 들고 하림 스님의 운동화를 가져와서는 당장 내 앞에 오지 않으면 운동화를 작살내겠다고 으름장을 놓은 적이 있다. 결국 운동화가 두 동강이 나서야 그 싸움은 끝이 났다.

실상사에는 아직도 그 옛날 우리가 살았던 흔적이 남아 있는데 그것은 후불탱화(법당 안 부처님 뒤편에 걸어 놓은 그림)이다. 과거에는 절에 도둑이 들면 훔치기 편하고 돈이 되겠다 싶었던지 후불탱화를 오려서 돌돌 말아 훔쳐 가는 일이 간혹 있었다. 실상사에도 그런 일이 있어서 스님이 후불탱화를 다시 만들어야 했는데 그 그림 아래에 조그맣게

제작 일자와 함께 당시 실상사에 살던 스님과 보살님 그리고 나와 하림 스님의 이름을 새겨 넣었다. 지금도 실상사에 가면 그 시절의 우리 이름을 만날 수 있다.

도둑질

천성이 한없이 게으른데 가끔 희한하게 꼼꼼한가 하면, 남들이 뭐라 하든 자신이 세상에서 1% 안쪽에 드는 천재임이 분명하다고 생각하며 사는 놈이 있다. 바로 나다.

게으른 모습으로 보자면 대학 시절 나의 자취방이 단연 최고라고 할 수 있다. 자취방을 가려면 학교 후문을 나와 약간 언덕으로 난 좁은 골목길을 따라 30~40m 정도 가면 되는데 일제시대 때 지은 오래된 건물의 작은 문을 열고 들어서서 경사가 60도가 넘는 좁은 계단을 기어 올라가야 한다. 세 평 남짓한 방 한 칸에 싱크대가 있고 작은 화장실이 딸린 방이었다. 간혹 내 자취방에 놀러 온 친구들은 구석구석 굴러다니는 라면 봉지와 벗어 놓은 채로 내팽개쳐진 지 한 달은 족히

됐을 법한 양말과 속옷들을 발로 쓱쓱 밀어 두고서야 앉을 수 있었다. 싱크대에는 먹다 남은 라면이 퉁퉁 불은 채로 썩어 퀴퀴한 냄새가 나는 그릇들이 한가득이고, 방바닥은 언제 닦기나 했는지 김칫국과 먼지가 섞여 시커멓게 변한 자국이 군데군데 있음을 보게 된다.

한 번쯤 목격한 놈들이 내 자취방은 '바퀴벌레도 더러워 안 살더라.'고 소문을 낸 터라 친구들이 자주 놀러 오지는 않았다. 그렇지만 엄동설한에 가게 문 닫을 시간까지 술을 마시던 친구들이 차는 끊기고 그렇다고 어디 갈 데도 없어 길바닥에서 자야 하는 상황에 이르러서는 한 잔한 김에 마지막으로 찾아드는 곳이 내 자취방이었다. 당시 목욕은커녕 샤워도 계절 바뀔 때나 한 번 할까 말까 한 시절이었으니 내가 생각해도 대학시절 게으르기로는 나를 따라올 자가 없었다.

그런데 특이하게도 성격은 또 꼼꼼해서 뭘 해도 대충 하는 법이 없다. 안 하면 안 했지 맘먹고 하면 어찌됐건 내가 만족할 때까지 해야 직성이 풀리는 성격이다 보니 나랑 같은 과제를 해야 하는 친구들은 또 답답해 죽을 지경이었다. 게을러터진 놈이 제가 맡은 과제는 언제나 할지 천하태평이면서 애써 남이 해 온 과제에 사사건건 트집이나 잡고 있으니 환장할 노릇 아니었겠는가.

10살쯤 되었나? 실상사에서 살 때의 일이다. 뙤약볕이 달걀도 익힐 기세인 한여름 날 오후, 호미를 들고 요사채 주변에 난 풀을 뽑고 있었다. 세 살 버릇 여든 간다고 이때 벌써 게을러터진 놈이 알아서 했을 리는 없겠고, 한동안 서울 가셨다가 간만에 내려오신 스님의 지엄한 명인 지라 어쨌건 억지로라도 풀을 뽑기 시작했다. 이왕 시작한 것이니 나의 꼼꼼한 성격 탓에 자갈 사이로 난 여린 풀 하나 빠뜨리는 법이 없었고, 빠르지는 못했지만 내가 지나간 자리에 3년은 풀이 안 날 정도로 깔끔하게 풀이 제거되었다.

그곳은 오래된 굴뚝 아래라 대낮에도 늘 그늘이 져 있었다. 양지바른 곳은 물기라고는 찾아볼 수 없을 정도로 바짝 말랐지만 늘 그늘진 그곳은 흙 속이 제법 촉촉했다. 음지에 난 풀들이 다 그렇듯이 양지 쪽보다 줄기는 가늘었지만 키는 훨씬 크게 자랐다. 내가 그 풀들을 한꺼번에 잡아서 뽑아 올리는데 잔뿌리와 함께 흙덩이가 한 움큼 쑥 빠져 따라 올라오면서 얼굴이고 옷에 흙이 튀었다. 얼굴을 대충 손등으로 쓱 문지르고 옷을 턴 나는 잔뿌리 사이에 박힌 흙덩이를 호미로 떨어 구덩이 파인 바닥을 메우는데 흙바닥 속에 거무튀튀한 데다가 녹이 슨 듯한 동그란 것이 보였다. 뭔가 싶어 손가락으로 살살

흙을 문질러 보니 10원짜리 동전 몇 개와 50원짜리 동전이었다. 이게 웬 횡재냐 싶었던 나는 부리나케 호미질을 해서 샅샅이 뒤져 보니 이삼백 원은 족히 되는 거금이었다. 아마도 어느 신도가 돈을 흘렸던 모양이다.

당시 학교 앞 문방구 옆에서 팔던 그 비싼 어묵이 10원이었으니 그날 내가 발견한 이삼백 원이라는 돈은 들통에 양껏 삶은 어묵을 다 사 먹을 수도 있을 만큼 큰 돈이었다. 나는 쪼그려 앉은 채로 '아!' 하는 탄식과 함께 잠시 눈을 감았다.

그러자 돈이 없어 어묵 냄새라도 맡을 요량으로 동네 친구들과 어묵 가게 주위를 맴돌던 수많은 고통의 날들이 떠올랐다. 이 돈이면…. 세상을 다 가질 수도 있을 것 같은 행복감에 잠시 젖어들었다. 그러나 나는 이내 마음을 접었다. 돈을 주우면 경찰에 신고하거나 선생님께 얘기하라고 가르친 학교 교육이 나의 달콤한 상상을 거두게 한 것이다. 곧장 스님께 달려갔다.

"스님! 굴뚝 밑에 이게 있던데요."

동전을 확인한 스님은 웃으시며 "그래. 잘했다." 하시고는 무려 50원을 나에게 주셨다. 얼마나 기뻤던지. 이후 나는 하루에 한 개씩 5일 동안 학교 앞에서 행복한 오후를 보낼 수 있었다.

그런 일이 있고 일주일이나 지났을까? 평소와 다름없이 저녁 기도를 위해 법당에 간 나는 부처님 앞에 촛불을 켜고 향을 피우는데 불단에서 동빛과 은빛으로 찬란하게 빛나는 물건이 보였다. 불전이었다. 물론 평소에 신도는 말할 것 없고 지나가는 관광객조차 구경하기 힘든 절이었지만 그래도 가끔 불전 놓인 것을 볼 수는 있었다. 그러나 그것은 말 그대로 부처님께 올린 불전이지 굴뚝 아래 녹슬어 있던 그런 동전이 아니었다. 하지만 그 순간 매사에 꼼꼼할 뿐만 아니라 세상의 1% 안에 드는 천재임이 분명한 나는 '그래, 이것은 분명! 부처님께서 나를 불쌍히 여겼거나 나를 어여삐 여겨서 내게 기회를 준 것이 틀림없어!'라고 생각했다.

거사를 결행키로 한 나는 법당 안팎을 꼼꼼히 살펴 아무도 없음을 확인하고서 동전을 슬쩍 주머니에 넣었다. 그러고는 포커페이스를 유지한 채 저녁 예불이 끝나고 해가 완전히 지고 모두가 잠들기를 기다렸다.

드디어 모두가 잠든 야심한 시각. 평소 같으면 무서워서 화장실도 못 갈 그 시간에 나는 조용히 혼자 가뜩이나 음침한 그 굴뚝 밑으로 갔다. 무섭다고 손전등을 켤 수는 없었다. 누가 볼세라 흔적을 남기지 않고 재빨리 동전들을 파묻어야 했다. 하루 이틀 …, 나만의 비밀을 간직한 채 긴장된 날이 흘렀다. 땅에 묻어 놓은 동전이 제대로 있을까 싶은 생각에 하루에도 몇 번씩 굴뚝 밑을 지나가면서 힐끔거려 보았지만 별달리 파헤쳐진 흔적이 없는 것으로 보아 아무도 눈치를 채지 못했음이 분명했다.

또 며칠간의 애타는 시간이 흘렀다. 그러면서 나는 '동전은 과연 며칠 동안 땅에 묻혀 있어야 녹이 슬까? 아! 이럴 줄 알았으면 10원짜리 하나는 딴 곳에 묻어 두고 확인해 보는 건데.'라고 후회도 했다. 그러나 아무리 긍정적으로 생각해 보아도 아직은 너무 일렀다. 아무튼 나는 참을성을 가지고 동전이 거무튀튀해져서 오랜 시간 땅에 묻혀 있었던 것처럼 보이길 기다리고 또 기다렸다.

긴장된 날이 계속되던 어느 날, 낮잠을 자던 나는 황당무계한 꿈을 꾸었다. 꿈속에서 나는 배불뚝이 거인이었다. 거인이 된 나는 어묵수십 개를 한꺼번에 우걱우걱 씹어 먹으며 냄새만 맡았던 국물을 통째로 들고는 벌컥벌컥 원 없이 마시고 있었다. 꿀맛이었다. 잠에서 깬 나는 더는 참을 수 없었다. 거사의 하이라이트를 위해 한달음에 굴뚝 밑으로 달려간 나는 그래도 침착하게 혹시 모를 감시병이 있는지 살핀 후 조용히 허리를 굽혀 동전을 캐냈다. 잠깐 보니 흙이 묻어 반짝이던 동전의 빛깔은 잃었지만 그래도 아직 녹이 슨 정도는 아니었다. 순간 다시 묻을까 생각했지만 꿈에 본 어묵이 '아니야! 괜찮으니까 얼른 가져가!'라고 하는 것 같았다. 부리나케 스님께 달려갔다. "스님! 굴뚝 밑에서 제가 동전을 주웠어요."라고 외치면서.

50원은커녕 회초리가 부러질 때까지 엉덩이와 종아리를 맞았던 것 같다. 아팠다. 공양주로 계시던 일심행 보살님이 바지를 내려 엉덩이에 난 상처를 보고는 울먹이면서 동동구리모를 두껍게 발라 주셨다. 엉덩이도 아팠지만 마음이 더 아팠다. 내색할 수 없었지만 '어떻게 들

컸지? 완벽했는데. 녹이 슬 때까지 조금 더 기다릴 걸 그랬나.' 하는 생각이 한동안 머릿속을 떠나지 않았다.

스님과 13년을 살면서 두 번째 매를 맞았던 기억이다. 첫 번째는 잘 못된 장난을 쳐서 그랬다. 초파일이 끝나고 연등에 붙였던 종이를 뜯어서 창고에 쌓아 뒀는데, 산더미처럼 쌓인 종이에 장난삼아 성냥을 그었다가 갑자기 불이 확 붙어 버린 일이 있었다. 당장 겁이 난 나는 창고 문을 닫고는 문 앞에 서서 어쩔 줄 모르고 있는데 다행히 지나가던 관광객들이 연기와 불꽃이 창고 문틈으로 새어 나오는 것을 보고는 "불이야!" 하면서 다 같이 불을 껐다. 한순간의 장난으로 하마터면 천년 고찰이 홀랑 탈 뻔했으니 그때는 맞아도 쌌다.

도둑질은 잘 모르겠지만 내 새끼들도 가끔 거짓말을 한다. 가끔은 '요놈들 그냥 버릇을 확 고쳐 줄까?'라고 생각하지만 이내 귀찮기도 하고 또 부모 자식 간에 아픈 기억을 남기는 게 싫어서 어물쩍 넘겨 버린다. 그런데 이놈들이 도둑질까지 한다면? 그땐 나도 스님처럼 매를 들어 나쁜 버릇을 확 뜯어 고칠 수 있을까?

글쎄다. 불같이 화를 내며 매를 들기야 하겠지만 그렇다고 회초리가 부러지도록 내 마음에 생채기를 남기면서까지 그렇게 꾸짖기는 쉽지 않을 것 같다.

전구 갈기

파팟 팍. 갑자기 화장실 전구에 불꽃이 튀었다. 화장실 불을 켜던 아내가 깜짝 놀라 나를 본다. 그녀의 눈빛은 '여보! 전구 사 와서 갈아!'라고 명령한다. 그러나 나는 '원래 그런 거 못하잖아! 늘 하듯이 자기가 하세요.'라고 공손한 눈빛으로 응수할 뿐이다.

결혼한 지 10년이 넘었지만 내 손으로 형광등을 갈아 본 적이 없다. 물론 시도조차 하지 않았던 건 아니다. 신혼 초에 형광등을 사 온 아내가 의자를 놓고는 나에게 갈아 달라고 한 적이 있다. 어깨에 잔뜩 힘을 주고 헛기침까지 점잖게 하면서 의자 위에 올라섰지만 채 1분도 지나지 않아 "내려와! 내가 할게."라는 아내의 한마디에 물러나야 했다. 그 후로 지금까지 형광등 가는 것을 비롯해 못을 박거나 전자레인지, 가스레인지, 세탁기 등의 살림도구에 문제가 생기면 모두 아내의 차지가 되었다.

내가 초등학교를 다니던 어린 시절, 그러니까 실상사 주지로 계실 때의 스님은 만능 재주꾼이셨다. 당시 절에 성인이 된 남자라고 해 봐야 스님밖에 없었으니 농사일을 진두지휘하는 것부터 장작을 패거나 감이나 호두, 돌배를 따거나 전구를 가는 일 따위는 당연히 스님의 차지였다. 지금에 비할 바 못 될 정도로 불편함이 많았던 때이니 부지런한 스님이 아니면 우리 모두가 불편함을 감수하고 살 수밖에 없던 시절이기도 했다.

실상사 뒤편의 큰 산에는 잣나무가 많았다. 가을이면 마을 청년들과 함께 잣을 수확했는데, 잣송이가 절 뒷마당에 산을 이룰 정도로 수북이 쌓였다. 그 잣송이에서 털어 낸 잣만으로도 80가마니 넘게 수확했으니 당시로서는 어마어마한 농사였다.

문제는 이 잣을 껍질을 까서 바로 먹을 수 있도록 만들어야 했는데 그것이 생각처럼 쉽지 않다는 것이었다. 어린 내 이로 아무리 살짝 깨물어도 잣이 으스러지기 십상일 뿐만 아니라 공구 상자에 있는 작은 펜치로 아무리 껍질을 살짝 눌러도 와작 하고 으스러져서 도무지 상품화할 수 없었다. 뭔가 좋은 방도를 찾아야 했던 그 순간, 스님은 내가 쓰던 도화지에 집게도 아니고 펜치도 아닌 요상한 도구를 그림으로 그리더니 나와 함께 장날 읍내의 대장간으로 갔다.

어린 눈에 비친 대장간의 열기는 참으로 대단했다. 근육이 우락부락한 대장장이 아저씨가 뜨거운 불길에 낫과 호미, 쟁기 모양의 쇳덩이를 넣었다가 벌겋게 달아오르면 작은 탁자 모양으로 생긴 쇳덩어리 위에 올려 놓고 두드리는 작업을 반복하는데, 얼마나 힘이 들었으면 쇠가 타는 연기보다 콧구멍으로 훅훅 새어 나오는 대장장이의 입김이 더 강했던 것 같다. 스님은 도화지에 정성스럽게 그린 도면을 대장장이에게 내밀고는 이런저런 설명을 곁들이셨다. 내 기억에 대장장이의 작업은 꽤 오래 걸렸던 것 같다. 다음 장날이 되어서야 스님은 일명 '잣 까기 전용 펜치'를 가지고 오셨고, 우리는 흥분된 기분으로 모두 둘러앉아 잣을 까 보았다.

기가 막혀서!! 어린 내가 까기에도 전혀 힘들지 않으면서도 잣 껍질만 톡 깨지고 알맹이는 멀쩡한, 세상에서 하나밖에 없는 그것은 한마디로 '기적'이었다.

그 후로 30년이 더 지났다. 가끔 난 '이 나이 먹도록 왜 전구 하나를 제대로 갈지 못할까?' 하는 생각을 한다. 굳이 하자고 한다면 못할 것이야 있겠냐마는 워낙 게으른 나의 성품이 문제라는 게 결론이다. 그저 누워서는 '아내에게 욕 한번 먹고 말지.'라는 주문을 멈추지 않는다. 반면 스님은 지금도 삶의 지혜가 넘쳐나는 것 같다. 부지런하기까지 한 스님을 닮았으면 참 좋았으련만. 핑계라 치면 내가 이렇게 된 건 나랑 살면서 온갖 삶의 지혜와 부지런함을 보여 주는 아내 탓이 아닐까?

아! 아니지. 부지런하고 지혜로운 스님을 꼭 닮은 아내를 만나 살게 되었으니 이 또한 부처님의 공덕이 아니겠는가.

쌍계사에서

　내가 초등학교 4학년이던 여름, 실상사에 살던 우리는 스님이 쌍계사 주지로 가시는 바람에 스님을 따라 실상사와는 비교가 안 될 정도로 많은 스님과 보살님들이 계시는 쌍계사로 가게 되었다.

　쌍계사 아래의 초등학교로 전학을 간 첫 학기에 마을 아이들이 텃세를 부리면서 나를 못살게 굴었다. 당시 어렸지만 자비를 최고의 덕목으로 알던 나는 크게 화도 안 내고 참기만 하다가 어느 날 하림 스님에게 이야기를 했는데 하림 스님 왈, "니가 보기에 어떤 놈이 제일 싸움을 잘하는 것 같드노? 그 놈만 한 대 패 줘라."라고 했다. 다음 날 소위 '통'이었던 친구는 느닷없이 내게 끌려 나와서는 이유도 모르는 채 한방에 갔고, 그 뒤로는 그를 포함한 여러 친구들과 친해져서 즐겁게 보냈던 기억이 있다.

　당시 하림 스님은 중학교 2학년이었는데 새벽 4시 전에 일어나서 목탁을 들고 도량석을 하며 절집의 식구들을 깨우는 일을 했고, 나는 도량석이 끝남과 동시에 종각에서 북을 치고 목어와 운판을 친 다음 서른세 번 범종을 치는 소임을 맡았다. 그런데 아무리 피곤해도 귀신같이 일어나서 새벽 4시면 도량석을 하는 하림 스님과 달리 새벽잠이 많았던 나는 도량석이 끝났는데도 북소리가 나지 않아 혼이 나곤 했다. 그게 늘 걱정이던 하림 스님은 도량석이 끝나갈 무렵이면 내 방문 앞에서 깨질 듯이 목탁을 치곤 했는데 그래도 일어나지 않을 땐 방문을 열고 들어와 나를 걷어차기도 했다.

그렇듯 새벽에 일찍 일어나니 나나 하림 스님이나 학교 수업 시간에 조는 일이 많았다. 내가 중학교에 입학한 첫날에는 한참 엎드려 자다가 일어나니 선생님께서 "니가 졸업한 하림이 동생이구나?" 하고는 단번에 알아보실 정도였다. 그 뒤로 선생님들은 다른 애들은 몰라도 내가 자는 것은 깨우지 않으셨다. 그래도 신기한 게 성적은 늘 최상위권이었으니 부처님의 은덕이 크긴 컸나 보다.

하림 스님의 또 다른 소임은 아침에 공양간에서 장작불을 때 가마솥 밥을 짓는 일이었다. 하림 스님은 가마솥 밥을 기가 막히게 잘 지었는데 누룽지가 얼마나 고소했는지. 그중에서도 제일 고소한 누룽지는 하림 스님 덕분에 늘 내 차지가 되었다.

도은하(度銀河)

지하 스님

勤修一念 是甚麼
근 수 일 념 시 심 마

直心精進 爲無心
직 심 정 진 위 무 심

東山明月 照千江
동 산 명 월 조 천 강

心地金星 度銀河
심 지 금 성 도 은 하

이뭐꼬? 한 생각 열심히 닦고 닦아

올곧게 정진하여 무심을 이루었네.

동산에 뜬 밝은 달은 천 강을 비추고

마음에 뜬 샛별은 은하를 건너네.

봉암사 3년 공부를 마치며

복지라는 이름의 상처

　근래 들어 선거철만 되면 보편적 복지가 옳으니 선택적 복지가 옳으니 정치인들끼리 싸우는 소리가 들린다. 특히 학교 급식과 관련해서 가장 많이 나온 얘기인데, 간단하게 말하자면 '부모님 소득의 많고 적음에 관계없이 학생들에게 복지 차원에서 전원 무상으로 급식을 지원하자는 것이 보편적 복지이고, 돈 많은 자제와 돈 없는 자제를 구별해서 돈 많은 자제들은 급식비를 내고 먹게 하고 돈 없는 자제들은 무상 급식을 하자는 것이 선택적 복지이다.'라는 뭐 이런 것이란다.

　언뜻 생각해 보면, 어차피 국민이 낸 세금으로 복지를 하는 것이니 법인세나 소득세를 충분하게 거둬서 나라에 돈이 남아돌지 않을 바에야 세금을 아끼는 차원에서라도 선택적으로 복지 비용을 지출하는 것이 좋지 않은가 하는 생각이 든다. 그러나 이 때문에 눈칫밥 먹어야 하는 아이들을 생각하면 또 얘기가 달라지게 된다. 본인이 가난한 집 안에 태어난 것이 죄가 될 수 없는 것인데 죄 지은 아이처럼 주눅 들거나 심지어 '너는 왜 돈 안 내고 밥 먹냐?'는 철없는 아이들의 말로 놀림받고 상처받을 것을 생각하면 적어도 학교 급식에서만큼은 보편적 복지 정책이 더 나은 게 아닌가 생각되기도 한다.

나에게도 아픈 기억이 하나 있다. 쌍계사에서 살던 초등학교 시절, 학교에서는 불우이웃돕기를 한다면서 전교생을 운동장에 모아 놓고 서너 명의 아이들을 마이크로 크게 호명해서는 높다란 단상으로 불러 세웠다. 그중에는 설마 했던 나의 이름도 들어 있었다.

교감 선생님이 엄숙한 목소리로 호명하니 단상으로 올라가긴 하는데 내가 6학년으로 제일 고학년이었고 나머지 어린 동생들이 두세 명 있었다. 여러분들도 그때 그 어린 동생들의 축 처진 어깨를 봤어야 한다. 우는 건지 화가 난 건지 체념한 건지 뒤섞여 뭐라 표현하기 힘든 그 아이들의 표정까지도 함께.

교감 선생님은 호명된 우리를 단상에 죽 세워 놓고는 또 한참을 쩌렁쩌렁 울리는 마이크를 대고 '정부에서 어쩌고, 교육부에서 어쩌고, 하동군에서 어쩌고, 면에서 어쩌고, 동네 유지들이 어쩌고 하면서 불우이웃돕기에 참여했다는 건지 어쩐 건지 여러 사람들의 이름을 한참 불러 대면서 고마움을 전하더니, 아이들을 한쪽으로 세워서는 생전 처음 보는 검은 양복을 입은 몇 분과 사진을 찍게 했다.

거창한 행사가 끝나자 아이들에게 미리 단상에 쌓아 둔 20kg짜리 쌀 포대가 하나씩 나눠졌다. 그나마 6학년으로 나는 좀 컸으니 쌀 포대를 짊어지고 내려갈 수 있었지만 다른 아이들은 아직 어린 나이라 선생님이 운동장의 아이들이 서 있던 자리로 친절히 가져다줘야 했다.

그래도 난 괜찮았다. 읍내 체육대회에서 실력 발휘해서 상을 타는 것이 아니고 학교 성적이 우수하다 해서 박수 받으며 단상으로 올라 간 것도 아닌 '네가 불우한 이웃임이 확실히 인정되니 단상으로 나와 서 쌀 받아 가라.'는 것이었지만, 난 좀 얼굴이 벌겋게 달아올랐을 뿐 다른 어린 동생들에 비하자면 아무렇지도 않았다.

왜냐고? 이건 선생님들이 내가 어떻게 사는지 잘 몰라서 생긴 단순 해프닝에 불과한 것이니까. 생각해 보라. 당시 내가 살던 쌍계사로 말할 것 같으면 명색이 대한불교조계종 교구 본사로 수십 개의 말사 를 거느린 큰 사찰인데 그런 쌍계사의 법당에 놓인 과일과 떡이 썩으 면 썩었지 설마 쌀이 떨어지겠는가!

물론 나는 그날 내가 왜 단상에 올라가야 했는지 호명되는 순간 단번에 이해되었다. 우리 반 친구들도 마음에 걸렸는지 그날 나에게 말 한마디 안 했지만 이유를 이미 다 알고 있었다. 내게 부모님이 안 계신다는 것이 이유였다. 그 친구들 집에는 떡과 과일이 없었지만 나에게는 부모님이 없었던 것이다.

학교를 마치고 하교하는데 아무리 생각해도 절에 쌀을 가져가는 것은 바보같이 느껴졌다. 내가 불우이웃돕기 성금으로 받은 쌀을 법당에 올릴 것도 아니고, 그렇다고 이 사실을 스님에게 말씀드려 쌀을 어떻게 할지 물어볼 수도 없지 않는가. 이 사실을 스님들이 알게 된다면 얼마나 황당해하실까?

어쨌든 쌀을 받았으니 낑낑대며 메고 학교 밖으로 나가는데 당시 부모님이 살아 계신다는 것 빼고는 그 쌀이 꼭 필요한 친구가 저 앞에 걸어가고 있는 것을 발견하고는 쌀이 무거우니 같이 들고 가자며 불러 세웠다.

여기서 그 친구의 이름을 밝힐 수는 없지만 그 친구는 실제 영양상태가 좋지 않아서 쌀을 메고 갈 수 없었다. 친구가 몇 발짝 겨우 들고 가더니 도로 내려놓았다. 그래서 그 친구와 나는 호흡도 좀 가다듬을 겸 다른 친구들이 다 지나가기를 기다렸다가 내가 쌀을 메고서는 그 친구 집으로 가지고 갔다.

그 녀석은 고마웠는지 부엌으로 들어가 솥단지 뚜껑을 열어서 소쿠리에 딱 하나 남아 있던 고구마를 집어서 나에게 줬다. 아마 일하러 가신 엄마가 막내아들 배고플까 봐 넣어 두신 것일 게다. 난 그 고구마를 친구와 맛있게 나눠 먹었다.

아주 오래된 옛날 일이지만 난 그날의 상처를 지금도 기억한다. 왜 그때의 어른들은 그런 식으로 아이들에게 상처를 주면서 불우이웃돕기를 했을까? 지금의 선택적 학교 급식 문제는 아이들에게 또 하나의 상처만 남기는 일은 아닌지 생각해 봐야 할 것이다.

자재암에서

　내가 중학교 2학년이던 여름 방학 때 나와 하림 스님은 스님을 따라 경기도 동두천의 소요산 자재암에서 살게 되었다. 자재암은 내가 처음 살았던 지리산 영원사보다는 컸지만 쌍계사에 비하면 반에 반도 안 되는 작은 절이었다.

　전학을 간 중학교에서도 아이들의 텃세가 있었는데 초등학교 때와 같은 방법으로 아이들을 제압했고 그 뒤로 나의 학교생활은 즐겁고 추억이 가득했다.

　반면 하림 스님은 그 무렵에 골칫덩이가 되어 있었다. 중학교 때 만날 잠만 자도 공부는 잘해서 당시 전국에서 알아 주던 명문고에 진학했지만 두세 달을 못 버티고 지리산 영원사로 도망가서는 숨어 살았다. 그러다 가을에 다시 나타난 하림 스님은 스님께 크게 혼이 나서야 다시 시험을 쳐서 고등학교를 가게 되었는데, 그렇게 입학한 고등학교 생활을 잘할 리 없었다. 고등학교 입학 성적이 좋아 전 학년 장학금을 받았는데 스님은 새로 전학 갈 동두천의 고등학교에 그렇게 자랑을 하셨다고 한다. 그런데 웬걸, 동두천의 고등학교에 이전 학교의 1학기 성적표가 도착했는데 그나마 꼴찌를 면한 게 다행일 정도였다. 교장 선생님이 친히 스님을 부르시고는 각서를 요구했다 하니 참 부끄러운 일이었다.

그 후로도 하림 스님의 방황은 계속되어 자재암에서만 네다섯 번의 가출이 있었고 그때마다 스님은 교장 선생님께 선처를 호소해야 했다. 가출은 길면 한 달 짧으면 일주일이었는데 하림 스님의 가출 여부는 나의 돼지저금통을 확인해 보면 금방 알 수 있었다.

참 신기한 일은 그래도 시험 성적은 늘 좋았다. 반에서 거의 매번 일등을 했으니 커닝을 했다고 볼 수도 없었다. 어쨌든 우여곡절 끝에 고등학교를 졸업하고 떡하니 동국대학교를 우수한 성적으로 입학한 하림 스님은 그해 여름에 군대를 갔다. 88올림픽이 있었고 내가 고등학교 2학년이었을 때다.

그렇게 하림 스님은 자재암을 떠났고, 나는 당시 모범생들만 다닌

다는 의정부고등학교를 다녔는데 자재암에서 학교까지 편도로 거의 2시간이 걸렸다. 새벽 4시에 일어나 기도하는 것도 힘들었지만 매일 등산하듯이 산을 타고 왕복 4시간을 통학하는 일은 더 견디기 어려웠다. 결국 3학년이 되던 해에 스님의 허락을 받아 친구와 학교 앞에서 자취를 하게 되었는데, 고등학교를 졸업하고 마을에 살게 되었을 때 그때의 자취 경험이 많은 도움이 되었다.

면회

스님들도 군대를 갈까? 내가 절에서 자란 것을 아는 사람들이 가끔 물어본다. 답은 '예스'다. 왜냐고? 우리 사회에서 종교를 이유로 군 복무가 면제되는 일은 아직까지 없다. 집총거부(훈련소에서 총기를 부여하는데 종교를 이유로 총기 수령을 거부하는 것)를 이유로 군 복무 대신 군의 영창에서 젊음을 보내는 친구들이 생각보다 많다는 것을 알면 이해가 될 것이다.

여성들은 남성들이 하는 얘기 중 제일 듣기 싫은 것이 군대 얘기라고 한다. 그러나 남성들이 술자리에서나 시시덕거리며 군대 얘기를 하지 평상시 군대 이야기하는 일은 없다는 것과, 제대한 지 몇 년이 지나도 군대에 다시 가거나 아직도 군대에 남아 있는 악몽을 꾸다가 식은땀을 뻘뻘 흘린다는 사실을 여성들은 알까?

잦은 가출로 인해 고등학교를 오래 다닌 하림 스님은 고등학교 때 이미 나이가 차서 수계를 받고 스님이 되었다. 대학을 늦게 간 덕분에 첫 학기를 마치고 바로 입대를 해야 했다. 올림픽이 있던 1988년 8월 한여름이었다.

육군 훈련소를 거쳐 배치된 곳은 강원도 인제군 원통의 포병 부대였다. 중대장을 포함하여 군 간부와 동료 사병들은 하림이 스님이라는 것을 금세 알았지만 스님이라고 군 생활에서 특별한 대우는 없었다. 다른 사병과 똑같이 내무반에서 생활하고 작전, 사격훈련, 초병, 행군을 하였다고 한다. 심지어 사격에 특별한 재능까지 보였던 하림 스님은 저격수 훈련을 받고 특등 사수가 되기도 했고 견인포 사격 대회에서는 우승하여 포상휴가도 여러 번 나왔으니 군대 적응은 일반인보다 뛰어났다고 하겠다.

하림 스님이 군대에 가고 1년이 조금 지난 1990년 1월로 기억된다. 대학입시를 마친 나는 내가 살던 소요산 자재암을 떠나 하산(절에서 나가 속가에서 살게 되었으니 속퇴라고 해야 하나)을 준비하고 있었다. 7살에 절에 들어가서 당시까지 절에서만 살았으니 절을 나가면 어디서 뭘 먹고 살아야 하나 막막한 시절이기도 했다. 다행히 스님께서는 당장 마을에 나가 봐야 먹고사는 문제도 있고 학비까지 마련하려면 고생이니 여기서 눈 쓸고 밥을 지어 올리면 '알바비'로 하루에 만 원씩 주겠다고 하셨다. 그렇게 난 3월의 새 학기가 시작되기까지 긴 겨울 방학을 알바생으로 살게 되었다.

그러던 어느 날, 서울을 다녀오신 스님께서 대뜸 내일 하림 스님 면회를 가자고 하셨다. 며칠 전에 내린 눈이 덜 녹아 거무튀튀한 잿빛으로 도로 여기저기에 쌓여 있던 한겨울의 아침이었다. 내가 챙긴 거라곤 양말 한 켤레와 칫솔 하나, 두툼한 겨울점퍼가 전부인 채로 아침 일찍 스님의 차를 탔다. 스님이 운전하시는 차는 소요산을 벗어나 동두천 시내로 나와서 의정부, 포천, 그리고 또 어딘가를 한참 달렸다. 그렇게 몇 시간이나 흘렀을까? 차창 밖 왼쪽으로 큰 강이 보이기 시작했는데 스님께서 소양강이라고 일러 주시며 머지않아 군부대에 도착할 거라고 말씀하셨다. 그리고도 한참을 꼬불꼬불 먼 길을 달려서야 인제군 원통면에 있는 포부대 앞에 도착할 수 있었다.

군부대 정문 입구엔 사병들이 총을 들고 서 있고, 그 옆에는 시멘트 블록을 쌓아 올려 창고처럼 지은 건물이 있는데 몇 개의 계단을 올라가서 작은 문을 열고 들어서니 두 평 남짓 좁은 면회실 한가운데에 석탄 난로가 훈기를 내뿜고 있었다.

다림질을 얼마나 한 것인지 번들번들하게 날이 선 군복을 입은 사병 하나가 다리를 꼬고 앉아서는 면회객들을 힐끔힐끔 쳐다보는데, 면회객 중에는 화장을 곱게 한 스무 살이 갓 넘었음직한 아가씨 두 명이 멀찍이 떨어져 앉아서는 입을 꼭 다문 채 각자 다른 곳에 시선을 두고 있었다. 난로 가까이에는 한눈에 봐도 시골에서 올라왔음이 분명한 할머니 한 분이 다소곳이 앉아 계시고, 또 한쪽에는 양복 차림의 아저씨와 잘 다린 코트를 입은 아주머니가 작은 목소리로 대화를 나누고 있었다. 그리고 결정적으로 이 분위기에 전혀 안 어울릴 것 같은 스님 한 분과 나. 그렇게 어색하고 특이한 조합은 서로 말 한마디 섞지 않고 조용히 좁은 면회실에 앉아 있었다.

30분쯤 지났을까? 먼저 온 군인이 아가씨 한 명과 함께 부리나케 면회실을 빠져나가고, 얼마 지나지 않아 다른 군인이 또 다른 아가씨를 데리고 나갔다. 그리고 밖에서 관등성명 들어간 이름을 부르기 무섭게 눈물을 글썽이는 할머니가 그의 손을 꼭 잡고 나가시고, 그러고도 십여 분이 지나서야 시커멓게 타고 손이 퉁퉁 부어 터진 하림 스님이 꾀죄죄한 몰골로 나타났다.

하림 스님은 멋쩍은 듯 "하이고, 어떻게 이 먼 길을 다…"라고 웃을 뿐 그 외의 대화는 없었던 것 같다. 부대를 빠져나온 우리는 스님 차를 타고 원통 읍내로 가서 여관부터 잡았다. 여관이라고는 하지만 산골 군부대 앞의 여관이 다 그렇듯이 밖으로 난 작은 복도에 여러 개의 방이 있고 그 방과 연결된 출입문 안에는 작은 신발장과 겨우 세 사람이 누울 정도의 방이 전부인 여인숙 같은 곳이었다.

스님은 걸망을 내려놓고는 하림 스님에게 뭐가 먹고 싶은지 물었다. 하림 스님은 우물쭈물하면서 "뭐든 괜찮습니다."라고 했지만 스님은 이미 저녁에 뭘 먹을지 계획하고 오셨음이 분명했다. 걸망에서 코펠과 버너, 김치, 쌀, 구운 김을 꺼내더니 나와 하림 스님에게 밖에 나가서 돼지고기 반 근과 소주 두 병을 사 오라고 하셨다.

돼지고기를 사서 돌아와 보니 스님이 직접 코펠에 밥을 짓고 계셨다. 밥이 다 되자 익숙한 듯 작은 코펠에서 밥을 덜어 내더니 누룽지가 붙어 있는 코펠에 물을 부어 숭늉을 끓여서 옆에 놓으셨다. 그러고는 다른 코펠에 돼지고기를 볶아서 김치찌개를 끓이셨다. 그렇게 김치찌개와 함께하는 저녁 식사 겸 반주가 이어졌다. 오가는 말은 별로 없었던 것 같다. 그저 하림 스님에게 군 생활이 어떤지 물어보고 스님이 예전에 군 생활 하시면서 고생했던 얘기 정도를 짧게 했을 뿐. 식사를 마친 우리는 그 작은 방에서 간단히 세수만 하고 잤다.

스님도 군대를 다녀오셨다고 한다. 그것도 두 번씩이나. 첫 번째는 동국대학교를 다니던 중에 입대 영장을 받아 육군 사병으로 입대

하였는데, 무탈하게 병장으로 만기 제대한 후 고향의 아버지에게 인사를 드리러 갔다고 한다. 스님의 아버지는 일제강점기 말기에 학도병으로 끌려가 지금의 호주 바로 위에 있는 뉴기니 섬의 상륙작전에 투입되어 아홉 번의 생사 고비를 넘기면서 살아남아 고향에 돌아오셨는데 그런 아버지가 제대한 아들을 보고는 한마디 말씀도 없이 조용히 눈물을 보이셨다고 한다. 백마디 말보다 말없이 눈물짓는 모습으로 진한 아버지의 사랑을 전하셨던 것이다. 두 번째는 동국대학교를 갓 졸업하고 대한불교조계종 총무원에서 일할 때인데 종단의 요청으로 군 포교를 위해 다시 입대할 수밖에 없었다. 이때는 대구 공군기지에서 군 법사로 생활하셨는데 대위로 만기 제대하셨다. 군대를 다녀온 남성이라면 누구나 느끼겠지만, 군대라는 게 이등병이나 병장이나 병영에서 생활한다는 그 자체가 괴로운 일이다. 그럼에도 스님은 군 포교가 필요하다는 종단의 말 한마디에 재입대를 결심하고 고난을 자처하셨으니 존경스러울 뿐이다.

다음 날 아침도 스님이 준비하셨는데 비록 전날 밤에 먹다 남은 김치찌개와 숭늉 한 그릇과 구운 김이 전부였지만 스님의 요리 실력이 괜찮은 편이어서 맛있게 먹었던 기억이 있다. 식사 후에는 잠시 쉬다가 부대까지 하림 스님을 배웅하고 돌아왔는데, 워낙에 먼 길이다 보니 운전대를 잡은 스님이 절에 거의 다 와서 잠깐 조는 바람에 눈길에 큰 사고가 날 뻔하기도 했다.

스님은 하림 스님이 군에 있는 동안 세 번 면회를 가셨다. 왜 그랬을까? 아마도 누구보다 군대 생활을 오래하여서 군대에서 겪는 고초를 잘 알고 있어서일 것이다. 스님의 아버지가 스님을 보고 말없이 눈물을 보이셨던 것과 같은 감정이 일어서일 수도 있고, 또 먼 길을 마다않고 찾아온 시골 할머니의 애틋한 그 마음과도 다르지 않아 스님으로 하여금 세 번이나 면회를 가게 했을 것이다.

'출가한 스님이 웬 자식 면회냐.'는 속가의 오해와 따가운 눈총 따위는 코흘리개 시절부터 생면부지 아이들을 자식처럼 키워 오신 스님에게 아무런 장애가 되지 않았던 것이다.

다락방

"아, 짜증 나! 제발 우리 큰 집으로 이사 가자." 결혼한 지 2년이나 지났을까? 한창 빨래를 널던 아내가 또 예의 그 소리를 늘어놓기 시작한다. 아파트 발코니가 좁아서 빨래를 널어도 잘 안 마른다나? 주방은 또 어떻고. 그릇 놓을 자리도 부족한데 각종 주방기구를 가지고 뜨거운 불 앞에서 요리까지 하려니 애로사항이 한두 가지가 아니라고 한다. 하긴 뭐, 거실 소파 밑에 앉아서 다리를 쭉 뻗으면 텔레비전이 닿을 정도이니 집이 넓다고 할 순 없다. 그 사이 큰애가 태어나서 온 집을 헤집고 다니기 시작했고, 장난감도 여기저기 어질러 놓아 가뜩이나 좁은 방이 더 좁아 보였다.

그렇다고 아내 짜증을 가만히 듣고만 있을 나는 아니니, 한마디 내뱉는다. "내가 말이야, 소싯적에 대궐 같은 집에서 산 사람이야. 자기는 인터폰 있는 집에서 살아 봤어? 집이 커서 아무리 소리를 질러도 들리지가 않거든. 그래서 각자 방에 인터폰을 두고 살았다고. 대문 열고 들어서서 내 방까지 가는 데 얼마나 걸리는 줄 알아? 족히 10분은 걸리거든! 청소는 또 어떻고. 마당 한번 쓸어 볼라 치면 예닐곱 명이 대빗자루로 30분을 쓸어도 다 못 쓸어. 집에 손님들이라도 와 봐. 방이 하도 많아서 그놈의 방에 군불 지피고 이부자리 챙겨 주는 것만 해도 지긋지긋했던 사람이야. 당신이 그런 집에서 한번 살아 봤어? 아마 한 달도 못 살 걸!"

말은 이렇게 했지만 사실 내 수중에는 큰 집으로 이사 갈 돈이 없었다. 총각 때 직장 생활 하면서 번 돈은 직장의 총각들끼리 여기저기 술 먹고 다니면서 노느라고 탕진해 버려 장가 밑천이라고는 결혼 전 현명한 아내가 내 신용카드를 모조리 잘라 버리는 바람에 1년 정도 모은 월급이 전부였다. 흔한 얘기로 '겨우 불알 두 쪽 잘 간수'해서 거저먹기로 장가가게 된 것이다. 결혼할 무렵 그 돈을 가지고 당장 신혼집을 마련해야 하니 아내랑 서울 하늘 아래 웬만한 동네는 다 알아봤던 것 같다.

그러나 한창 서울의 집값이 오르던 당시에 가진 돈으로는 어디든 전세방 하나 구하기 힘들었다. 그래서 빚을 냈다. 은행에서 대출을 받고 심지어 같은 회사의 선배가 퇴직할 때 퇴직금으로 갚으라면서 개인적으로 돈을 빌려 주기도 했다 .

그렇게 겨우 마련한 전세방에서 살림을 시작했다. 월급을 받으면 돈을 불리기는커녕 대출 받은 전세 자금 갚기에 바빴다. 그런 주제에 더 큰 집이라니! 그런데도 뻔히 사정을 다 아는 아내는 "웃기시네. 집만 넓어 봐! 청소가 문젠가. 내가 다 할 테니 당신은 푹 쉬어도 좋아." 라고 하면서 좁은 발코니에서 신경질적으로 청소기를 툭 걷어찬다.

집이 크다는 것은 사실 집만 크다는 의미일까. 그만큼 그 집엔 돈도 많다는 것이니 늘 뭔가 부족할 수밖에 없는 신혼살림에 집의 크기는 돈의 크기이자 돈으로 살 수 있는 여유와 행복도 되는 것이었다.

어디서 굴러 왔는지 모른다. 쌍계사에서 살던 어린 시절 '월간 보물섬'이란 만화 잡지가 한 권 있었다. 아마 서울에서 온 어느 신도님의 자제가 깜빡하고 두고 간 것일 게다. 만화책 자체를 구경하기 힘들었던 시절, 지리산 골짜기에 비록 단권이기는 했지만 연재 만화들만 실린 잡지인 데다 뭔가 특별한 기대를 잔뜩 가지게 만드는 '설 특집 호!'라니. 그 시절의 나에겐 정말 보물 같은 존재였다.

아! 이 얘기를 시작하기 전에 월간 보물섬 작가님에게 미리 죄송하다는 말씀 전한다. 30년도 더 된 기억이다 보니 사실 만화의 제목도 작가도 기억나지 않는다. 물론 지금 할 이야기도 30년도 넘은 기억인지라 상당 부분 다를 수 있다. 그래도 워낙 재밌어서 읽고 또 읽었기에 작가님에게 미안하고 고맙다는 말씀을 드리면서 기억을 되살려 본다.

지지리 가난한 작은 집에 살던 주인공에게 어느 날 꿈에 신이 나타났다. 키가 훤칠하고 수려한 용모를 가진 신은 가난한 주인공에게 대뜸 "내 너를 어여삐 여겨 지금부터 소원을 말하면 딱 두 가지를 들어주겠다."고 한다. 야호! 신이 난 주인공은 주저 없이 첫 번째 소원을 말한다. "제게 큰 집을 선물해 주세요."

꿈에서 깨고 나니 소원은 벌써 이뤄져 있다. 미라클! 그런데 훤칠한 키만큼이나 손이 크신 신께서 주인공이 감당하기에는 너무나 큰 집을 선물하신 게 문제라면 문제. 일단 주인공이 자고 있던 침대가 축구장만큼이나 컸다. 베개는 또 얼마나 큰지 베개 위에 세 명이 올라가서 잘 수 있을 정도였다.

주인공은 갑자기 화장실이 급해졌다. 일단 침대에서 내려가야 하는데 축구장만 한 침대를 한참 걸어서야 겨우 침대에서 내려갈 수 있었다. 침대에서 방문까지는 또 얼마나 멀던지. 한참을 뛰어 방문에 도착해서는 거대한 방문을 힘껏 열자 끝도 없이 넓은 정원이 펼쳐져 있다. 이런 젠장! 빨리! 화장실은? 화장실이 당장 급한 주인공은 화려한 꽃과 온갖 과일이 풍성한 정원을 감상할 시간이 없다. 다행히 주인공은 정원의 아름다운 꽃들 사이에서 화장실 표지판을 찾아낸다. '왼쪽으로 50km.' 헉! 이런 젠장. 표지판 옆에 오토바이가 보인다. 주인공은 재빨리 오토바이를 타고 눈썹을 휘날리며 달리기 시작한다. 30분 넘게 걸려 겨우 도착한 화장실. 화장실의 크기에 대해서는 설명을 생략하겠다.

간신히 화장실 문제를 해결한 주인공은 다시 역순으로 귀가해서는 축구장만 한 침대의 한 귀퉁이에 겨우 몸을 눕힌다. 힘든 하루다. 잠시 누워 있자니 주인공은 배가 고프다. 주방을 찾는다. 주방은 또 얼마나 크고 웅장한지 상상에 맡기겠다. 어렵게 밥을 먹고 다시 침대의 한 귀퉁이에 누운 주인공은 앞으로 어떻게 살아야 할지 생각한다. 부지런한 주인공은 벌떡 일어나서 어디선가 톱과 망치, 못을 챙겨 온다. 먼저 축구장만 한 침대의 일부를 자르더니 자기 몸에 적당한 사이즈의 침대를 다시 만든다. 그걸 축구장만 한 침대 위로 올린다. 베개와 이부자리도 작은 침대에 맞게 다시 만든다. 화장실도 작게 만들어서 침대 가까이로 가져오고, 주방도 다시 작게 만들어 침대 가까이에 둔다. 그렇게 하루를 보낸 주인공은 지칠 대로 지쳐서는 자신이 만든 작은 침대에 엎드린 채로 깜빡 잠이 든다.

꿈속에서 주인공은 화장실이 급해서 다시 오토바이를 타고 달린다. 그런데 어찌된 일인지 이번에는 달리면 달릴수록 화장실이 더 멀어지기만 한다. 액셀을 더 밟아 본다. 머리카락이 뒤로 넘어가서 대머리가 될 지경이지만 지금 주인공에게 머리카락 빠지는 건 문제가 안 될 정도로 화장실이 급하다. 그런데 아무리 가속기를 밟아도 거리가 좁아지기는커녕 더 멀어지기만 한다.

'오 마이 갓!' 주인공은 자신도 모르게 단말마를 내지른다. 그때 키가 훤칠하고 수려한 용모를 가진 신이 다시 나타나서는 주인공에게 묻는다. "와이?" 주인공은 말한다. "오! 신이시여. 집이고 뭐고 너무 크잖아요. 모든 게. 이런 집이라면 차라리 없는 것만 못해요." 수려한 용모만큼이나 자애로운 신은 주인공의 두 번째 소원을 들어 준다.

스님은 봉암사와 정혜사에서 6년간 참선 수행하실 때를 제외하고는 십여 년째 3평 남짓한 다락방에서 살고 계신다. 글 첫머리에 내가 아내에게 한 대궐 같은 집 이야기는 지리산 자락에 있는 쌍계사에서 스님과 함께 살던 시절의 실제 이야기이다. 스님은 불과 41세의 나이에 큰 절의 주지 소임을 맡으셨으니 거의 최연소 본사 주지를 한 셈이다. 요즘 흔히 말하는 스펙이라고 하면 사실 우리 스님만 한 분을 찾기 어렵다. 사회로 치자면 국회라고 할 수 있는 종단의 종회의원을 무려 8선이나 하셨으며(종단의 최다선 의원이라고 한다.) 국회의장 격인 종회의장을 두 차례나 하셨고, 국무총리 격인 총무부원장도 오래 하셨다. 그렇게 화려한 스펙을 자랑하는 분이 지금은 모든 것을 내려놓고 작은 다락방에 사시며 말 그대로 유유자적하고 계신다.

스님은 처음부터 다락방에서 살 생각은 아니었다고 한다. 인천의 법융사, 그러니까 지금 스님이 사는 절은 과거 인연이 있던 어느 스님으로부터 자그마한 무허가 절을 2천만 원에 떠맡아 인수하면서 살게 되신 거란다. 처음엔 사는 데 불편함이 없을 정도로만 적당히 개보수해서 살기 시작했는데, 모친이 집을 판 돈으로 다시 절을 짓게 되면서 우선 부처님 모실 법당을 만들고, 기도하러 온 보살님들이 잠시 쉬고 공양을 하며 사무도 볼 수 있는 작은 공간을 하나 만들고, 모친과 올해 81세 되는 공양주 할매 보살님이 같이 주무시고 생활할 방 하나 만들고 나니 정작 스님이 잘 곳이 없더란다.

스님이 보살님이랑 같이 잘 수도 없고 해서 궁리 끝에 사무 공간과 보살님 방 위의 천장을 조금 낮추어 지붕과 천장 사이의 작은 공간에 다락방을 만드셨다. 그렇게 탄생한 다락방은 한가운데 솟은 공간을 제외하고는 높이가 낮아 허리를 제대로 펼 수도 없다. 가끔 손님이 차 마시러 와서 한참 얘기하다가 다락방임을 깜박하고 그냥 일어섰다가는 영락없이 정수리 부분에 혹 하나 달고 내려간단다.

스님은 일반 회사로 치자면 과장이나 차장급 나이에 불과한 41세에 쌍계사 주지를 했으니 그 나이에 벌써 임원 생활을 하시면서 삼성그룹의 이건희가 울고 갈 대궐 같은 집에서 살았다. 그러나 지금은 쌍계사에 딸린 조그만 암자와 비교해도 턱없이 작은 절에 살면서 다락방을 만들어 그곳에 매트 하나 깔아 두고 책 읽는 앉은뱅이책상 하나, 차 도구 조금, 작은 냉장고 하나 두고 사신다.

아무리 혼자 유유자적한다지만 여름엔 덥고 겨울엔 엄청 추운, 한가운데 아니면 허리 한번 제대로 펼 수 없는 이 작은 다락방이 마냥 편하기야 하겠는가. 가끔 들르는 상좌들이 송구한 마음이 들고 해서 "다른 곳으로 거처를 옮기는 게 어떠시냐?"고 하면 그럴 때마다 스님은 손사래를 치며 "나는 여기가 제일 좋아."라고 하신다. 또 혹여 상좌들이 미안한 마음을 가질까 봐 "지금은 국회의원이 된 송영길이란 분이 인천시장 할 때 수하 직원들 대동해서 가끔 차 마시러 왔어. 그런데 그 양반이 올 때마다 이 다락방을 그렇게 부러워했어. 수하 직원들한테 다 보라고 하면서."라며 에둘러 만족감을 표하신다.

사람은 각자 자기 몸에 맞는 치수라는 게 있다. 내게 맞는 치수는 '라지, 100'이다. 가끔 잘못 산 엑스라지는 아무리 비싸고 좋은 옷이라 한들 엉성하니 맵시가 나지 않아 반품 대상일 뿐이다.

집이 크다고 좋기만 할까. 나이 들어 전원생활 하고 싶어 귀촌한 분들 중에는 촌의 땅값이 싸다고 둘이 살기에 턱없이 큰 집을 짓고 사는 분들이 많다. 더 욕심을 내는 분들은 마당에 잔디를 심고 넓은 정원에 사시사철 볼 수 있는 꽃을 가꾸는가 하면 뒤뜰에는 여러 종류의 과일나무를 심어 가끔 도시에서 놀러오는 친구들에게 자랑을 한다. 그런데 그런 분들도 몇 년 지나면 다들 후회하게 되는데 정원의 풀 뽑는다고 팔다리며 목이며 햇볕에 시커멓게 타는 데다 과일나무에 벌레가 붙으니 시시때때로 농약 쳐 줘야지, 텃밭에 채소 심어 가꾸려면 쪼그리고 앉아 벌레 잡고 잡초 제거해 줘야지, 거기다 집 넓다고 음악 들으면서 차 마실 공간 따로, 서재 따로, 취미생활 공간 따로 두고 살았다간 집안 청소하는 것만도 한세월이라고 한다. 여기에 닭장 만들고 때마다 강아지 사료까지 챙겨 주다 보면 가뜩이나 나이 들어 잔병 치레하게 되는데 안 아프던 허리, 무릎, 어깨까지 아파서 죽을 맛이란다. 도시 사는 친구들에게 '나 전원생활 한다.'고 자랑질 좀 하려다가 그렇게 세월 다 보낸다는 것이다.

반면 우리 스님을 보라! 한때 대궐 같은 절에서 살았던 스님은 지금은 작은 다락방에 앉아서 인생의 멋스러움이 무언지 몸소 보여 주고 계시지 않는가.

내가 니 시아버지야!

2004년 9월 11일. 이제 막 찬바람이 돌기 시작하는 가을이었다. 곧 결혼을 앞둔 나는 지금은 두 아이의 엄마이자 내 아내가 된 그녀의 차를 타고 스님께 인사를 드리러 가고 있었다. 총각이 결혼하는데 왜 스님을 만나야 하느냐고? 비록 스님이 나를 낳아 준 생부는 아니지만 5살에 부모님을 여의고 7살 가을부터 절에서 살게 된 나를 고등학교 졸업할 때까지 건강하게 키워 주신 분이 아니신가! 또 가는 김에 스님의 고모님 되는 일심행 보살님도 꼭 만나 뵈어야 했다. 보살님은 스님과 함께 살면서 철없는 코흘리개였던 나를 성인이 될 때까지 마치 생모처럼 보살펴 주셨다. 그럼에도 여전히 철이 없는 나는 세상에 적응해 살면서 연락 한번 제대로 드리지 못했다. 죄송스러울 따름이었다.

사랑에 눈이 멀면 제 눈에 콩깍지가 씐다고 했다. 뭘 해도 예쁘게만 보이는 그녀였지만 그날따라 첫 만남부터 영 표정이 밝지 않았다. 결혼을 앞두고 나와 관계된 누군가를 만난다는 것 자체가 쉬운 일이 아니겠지만 한 번도 뵌 적 없는 스님과 보살님을 만나야 한다니 긴장되어 얼굴이 굳을 수밖에 없었을 것이다. 연애 시절에 그녀는 내가 절에 산 것이 신기했던지 이것저것 궁금한 것을 자주 물어봤다. 그럴 때마다 나의 대답은 항상 같았다. "절에 사는 스님이라고 해서 사는 거 특별나지 않아. 무슨 산꼭대기에서 이슬 먹고 사는 게 아니라 우리처럼 밥 먹고 잠자고 화장실 가고… 사는 게 별다를 게 없다니까."

지금은 스님이 계시는 인천 법융사 바로 근처에 송도신도시가 들어오면서 없던 터널이 뚫리고 새 길이 나 교통이 아주 좋아졌지만, 당시만 해도 서울에서 법융사까지는 승용차를 이용해도 꽤 오랜 시간이 걸렸다. 차 타고 가는 동안 긴장도 풀 겸 아무래도 그녀에게 스님에 대한 설명이 더 필요할 것 같았다.

간략하게 요약하면 '우리 스님은 젊어서 출가하여 동국대학교 인도철학과를 나오셨고, 군 법사를 하시다가 제대한 후 37세에 실상사 주지를 거쳐 41세에 쌍계사 주지를 하셨으며, 그 뒤에 소요산 자재암 주지를 하면서 대한불교조계종 총무원에서 오랫동안 행정 업무를 보셨다. 그러니 산속에서 수행만 하다가 세상 물정 잘 몰라서 대화가 안 되는 그런 스님은 아닐 테니 걱정 안 해도 된다. 그냥 편하게 일반 어르신 대하듯 하면 된다. 주의할 것은 처음에 절을 할 때 한 번이 아니고 세 번 하는 거다. 어떻게 절하는지 모르면 나 따라 하면 된다.' 등이었다.

그렇게 한참을 생각나는 대로 이야기하는데 그녀의 반응이 좀 이상하다 싶어 살짝 보니 어찌된 건지 갈수록 그녀가 더 긴장하는 눈치였다. 차라리 다른 얘기가 낫겠다 싶어 그녀의 손을 꼭 잡아 주고는 얼른 재미난 얘기로 화제를 돌렸다.

오후 3시쯤 되었을까. 우리는 송도에 도착해 있었다. 지금도 비슷하지만 당시 절 입구 쪽으로는 집이라고는 몇 채 없었고, 절로 올라가는 골목길은 승용차 한 대도 빠져나갈 수 없을 정도로 좁았다. 우리는 한적한 도롯가에 차를 세우고는 음료수 박스를 챙긴 다음 좁고 꾸불꾸불한 골목길을 걸어 올라갔다.

5분쯤 올라갔을까. 그 좁은 골목길 끝에는 큰 은행나무 아래에 조그맣고 소박한 건물이 들어서 있었는데, 앞쪽으로 작은 마당과 텃밭 겸 정원이 있는 여느 시골의 조금 넓은 집이 있었다. 스님의 절, 법융사였다.

스님을 찾아뵙기 2주 전, 서울 신림동에 살던 나는 그녀의 차를 타고 노원구 중계동까지 곧 장인어른 될 분께 인사를 드리러 갔다. 한강을 건너 동부간선도로를 타고 올라가면서 '장인어른은 나를 어떻게 생각하실까?' 곰곰이 생각해 보았다. 5살에 부모님 잃고 절에서 컸다는 건 알고 계실 것이고, 쌍계사에서 살던 중학교 시절에 공부를 곧잘 했다는 것은 당시 절 밑 동네에 살던 장모님이 딸한테 들었을 테니 장인어른도 알고 계실 것이다. 지금은 강남역 근처에서 직장생활 하면서 돈 좀 번다 하고, 또 공무원이 대세라고는 하지만 노무사 자격을 가지고 있으니 막내딸 굶기지는 않을 거고, 그런데 아직 벌어 놓은 돈은 별로 없다더라 정도는 알고 계실 것이다.

떨렸다. 솔직히 뭘 어떻게 해야 할지 모르겠고, 그냥 속으로 생각했다. 비록 가진 건 없지만 절에서 살다 나와서 이만큼 살고 있으면 됐지, 내가 꿀릴 거 뭐 있나. 당당하게 맞서자!

마음속으로 다짐에 다짐을 했지만 긴장해서 몸이 굳는 건 어쩔 수 없었다. 그래도 인사드리러 온 새신랑답게 장인어른께 넙죽 큰절을 드리고, 과거 쌍계사에서부터 안면이 있던 장모님께는 그동안 평안하셨는지 안부를 여쭈었다.

그런데 갑자기 장인어른께서 옆에 서 있던 큰딸에게 앉은뱅이 탁자

와 종이, 볼펜을 가져오라신다. 그러곤 대뜸, 자네가 지금 우리 딸을 어떻게 생각하는지, 그녀 보고는 나를 어떻게 생각하는지 각자 적어 내라고 하신다.

'아! 이런 젠장. 전혀 예상하지 못한 긴급상황 발생. 가끔 봤던 연속극이나 영화에서도 이런 장면은 본 적이 없다. 이럴 땐 어떻게 하지?'

평소 하는 일이 법률 자문과 상담이고 또 의견서 따위의 글 쓰는 일이 많은 데다 비록 법학 전문 도서이기는 하지만 계절별로 책도 만들어 본 나로서 글 쓰는 데는 어느 정도 자신이 있었지만 연애편지를 쓰는 것도 아니고 장인어른 되실 분 앞에서 그녀를 어떻게 생각하는지 글로 써 내야 하다니.

당황한 나는 가슴이 뛰고 머릿속이 복잡해진다. 이럴 줄 알았으면 미리 귀띔이라도 해 주지 하는 눈빛으로 그녀를 살짝 보았지만 그녀는 이런 내 마음을 아는지 모르는지 나에겐 관심도 없고 자기 할 일 하기 바쁘다. 참 미칠 지경이다. 시원한 에어컨 바람도 별 소용 없이 땀은 정수리를 타고 목덜미까지 줄줄 흐르고 세탁소에서 어제 찾아 입은 깨끗한 양복 소매로 연방 땀을 훔치며 이 상황에 집중하려고 애를 썼다.

하지만 내가 누구인가? 어린 시절부터 성인이 된 지금까지 이보다 훨씬 더 어렵고 답답한 상황을 많이 겪지 않았던가! 문제 해결을 위해서는 감각적으로 보이는 상황 자체보다는 문제의 본질에 집중해야 한다. 그래, 이딴 과제를 하필 오늘 같은 날 무엇 때문에 냈단 말인가? 아! 그래. 이건 눈에 넣어도 안 아플 막내딸의 남편이 되겠다고 온 놈이 어떤 놈인지 알아보자는 거구나. 이놈은 이 상황을 어떻게 받아들일 것인가? 좀 배웠다는 이놈은 과연 이런 과제를 수행할 능력이 있는가? 과제 수행할 때 보이는 이놈의 태도는 어떤가? 글씨체를 보면 사람을 알 수 있다고 이놈은 어찌 쓰는지 보자. 끝으로 과제 결과물을 딸과 공유하게 함으로써 결혼한 후에도 이 마음 변치 말고 행복하게 살아라는 따위의 덕담을 하려는 게 아닌가.

본질은 그랬다. 그렇게 결론을 내리니 혼란스럽고 두근대던 마음이 곧 깔끔하게 정리되었다. '그래. 이럴 땐 시종일관 공손하고 예의 바른 자세로 또박또박 내가 그녀를 사랑하는 마음을 매우 정직하면서도 때로는 살짝 과장되게 포장해서 적는 게 상수다.'

그때 뭐라고 썼는지 정확하게 기억나지 않지만 기억을 더듬어 보면 대충 이렇다. '그녀는 예쁘다고 생각한다. 드러난 외모도 예쁘지만 내게 대하는 마음씨도 예쁘고, 말하는 것도 예쁘고, 하얗고 길게 뻗은 손가락도 예쁘다. 그녀는 착하다. 그녀는 세상에서 가장 사랑스러운 사람이다.' 등. 그리고 30분도 넘게 땀을 뻘뻘 흘려 가며 마치 수험생처럼 열심히 왜 아내가 예쁜지, 왜 착한지, 왜 사랑스러운지 그 이유를 찾아 썼다.

이윽고 과제는 끝났고, 내가 쓴 예쁘고 착하고 사랑스러운 아내는 나의 손을 떠나 장인어른의 손으로 갔다. 반면 아내는 일찌감치 과제를 끝냈는지 조용히 곁에 앉아 나와 제 아버지를 힐끔거리고 있었다. 순간 생각했다. 곧 장인어른이 각자 쓴 글을 상대방에게 보여 주겠지. 그리고 '항상 이런 마음 변치 말고 잘 살아라.'라고 덕담을 하시겠지.

그러나 이 소동의 끝에는 반전이 있다. 결국 난 아내가 나를 어떻게 생각하는지 볼 수 없었다. 내 앞의 장인어른은 천천히 둘의 글을 몇 번이고 읽어 보셨다. 그런 장인어른의 얼굴은 살짝 발갛게 달아오르더니 짐짓 심각한 얼굴을 하고는 웃는 건지 어떤 건지 애써 뭔가를 꾹 눌러 참고 있는 것도 같았다. 그러고는 이렇게 말씀하셨다 "고생했네. 이건 내가 보관하지. 둘 다 지금 쓴 마음, 그 마음 평생 잊어버리지 말고 살게나."

'휴우, 이제 끝났구나.' 하고 안심하는데 장인어른은 할 말이 더 남왔던 모양이다. "읽어 보니 다 좋은 말이고 행복하게 살겠다 뭐 이런 말인데, 만약 나중에 이 마음 잊어버리고 각자한테 못된 짓이나 하고 살면 내가 이걸로 자네 둘 다 크게 야단칠 걸세." 하고는 반듯하게 접어서 당신의 수첩 사이에 넣어 두는 게 아닌가.

안타깝게도 내 귓가엔 마지막 문장만 메아리처럼 남았다. '크게 야단칠 걸세. 크게 야단칠 걸세. 크게 야단칠 걸세. 크게~~~.' 아! 첫날부터 장인어른께 완전히 당했다.

그녀의 눈에 비친 스님의 절은 중앙에 큰 대웅전이 있고 주위에 작은 전각들이 죽 늘어섰으며 스님들의 공간과 관광객들이 다니는 공간이 높고 긴 담장으로 분리된 여느 절과는 완전히 다른, 마치 속가의 가정집같이 소박하고 편안한 분위기였다고 한다. 물론 부처님을 모신 절이니 건물의 3분의 2가 부처님을 모신 법당이 차지했지만, 법당을 제외하고 보면 그냥 작은 마당이 있는 시골 집처럼 아늑하고 편안하게 느껴졌던 것이다.

오랜만에 뵙는 스님은 어느덧 60대 중반을 넘기셨지만 여전히 팽팽한 얼굴에 잔주름 하나 보이지 않는 건강한 모습이었다. 어린 시절 동네 아이들이 절의 밤을 다 주워 갈세라 새벽 기도가 끝나기 무섭게 손전등을 들고 찬 바람에 떨어진 밤을 줍던 일, 잣 따러 산에 올라갔을 때는 돌무더기 사이에 떨어진 잣송이를 잘 찾는다고 칭찬해 주시던 일, 읍내 목욕탕에 가는 날은 절에서 자주 뵙던 신도 집에 들러 '클 때는 한 번씩 고기도 먹어 줘야 한다.'며 꼭 삶은 돼지고기를 먹이던 일 등 즐거웠던 추억이 한꺼번에 스쳐 지나갔다. 그러고 보면 우리 스님은 조금도 늙지 않았다. 실상사에서 살던 그때의 그 잘생긴 스님 그대로였다.

스님께 웃으며 간단하게 목례를 드리자 스님께서는 내 손을 꼭 잡으시고는 자신의 공간인 다락방으로 우리를 안내하신다. 스님이 좌정을 마치자 우리는 천장이 낮아 엉거주춤 서서 삼배를 드렸다. 마치 어제도 본 것처럼 편하게 절을 받은 스님은 우리에게 편히 앉으라 하시고는 잠깐 동안 이리저리 그녀를 살펴보신다. 그러고는 첫마디를 던지셨다.

"오느라 수고했제."

"아! 아닙니다. 생각보다 멀지 않던데요."

내가 급히 대답했다. 그러자 스님께서는 만면에 환한 웃음을 띤 채 박박 민 당신의 머리를 만지며 그녀에게 말씀하신다.

"내가 이래 보여도, 니 시아버지야! 허허."

그때까지만 해도 잔뜩 긴장해서는 스님께서 편하게 앉으라고 해도 도대체 어떤 자세로 앉아야 할지, 손은 어디에 둬야 할지, 표정은 어떻게 지어야 할지 몰라 했던 그녀는 경북 사투리가 살짝 섞인, 정이 듬뿍 담긴 그 한마디에 긴장이 확 풀려 버렸다고 한다. 그리고 스님들에 대한 그간의 고정관념이 와르르 무너졌단다.

'아! 스님도 그냥 사람이었네!'

2년 전 나를 만나면서부터 '스님들이 목탁 치고 기도하면서 참선한다 할 뿐이지 속가에 사는 우리와 별반 다를 게 없다.'는 말을 수도 없이 들었건만, 그래도 스님들은 뭔가 딴 세상 사람처럼 고매한 것 같기도 하고 매우 근엄한 것 같아서 특별한 용무가 아니라면 도저히 말 붙이기 겁나는 그런 사람들인 줄 알았단다.

그런데 근엄은 무슨, '내가 니 시아버지야!' 하는 우리 스님의 첫마디에 스님이란 만나면 불편하고 어렵고 힘든 존재라는 선입견이 왕창 깨져 버린 것이다. 심지어 우리 스님 같은 분들만 큰 절에 계신다면 한결 편안한 마음으로 큰 절에 갈 수도 있겠다 싶더란다.

돌아오는 길에 완전히 긴장을 놓은 그녀와 나의 대화는 이랬다.

"아휴, 괜히 긴장했네. 자기가 자꾸 훌륭하고 아주 큰 스님이라 하니까 더 긴장했잖아. 하하."

"아니, 내가 언제? 긴장할 필요 없다고 그리 얘기했는데, 뭘 듣고 있다가. 후후."

"그런데, 이리 큰 스님도 편안하신데 절에 가 보면 별로 안 커 보이는 스님이 더 큰 스님처럼 굴더라고."

"그렇제? 그것 참! 사는 집이 커서 그런가?"

부모님에 대한 기억

아버지에 대한 기억이 나에게는 없다. 물론 어머니에 대한 기억도. 그나마 큰형님이 중학교를 졸업할 무렵 무슨 생각이 들었는지 둘째 형님이 가족사진 한번 찍자고 졸라서 찍은 사진 한 장이 유일하게 남아 있어서 살아생전 부모님의 생김새가 어떠했는지 알 수 있을 뿐이다.

내가 5살 되던 해 부처님오신날! 속병으로 오랫동안 병고를 치르던 어머니가 돌아가셨다. 이런 상황을 이해하기엔 너무 어렸던 탓인지, 아니면 내가 충격을 받지 않도록 형님들과 누나가 잘 보살펴 준 덕분인지 어쨌든 어머님이 돌아가시던 날 도무지 슬펐던 기억이 없다. 그 뒤로도 나의 천진난만한 개구쟁이 일상에는 아무런 변화가 없었고, 형님들도 철없는 동생을 그렇게 기억한다.

그해 가을, 추석을 지내고 열흘도 채 안 되어 아버지가 돌아가셨

엄마께
꽃한송이
온 넘니다

다. 인월초등학교(전북 남원 인월의 당시는 국민학교) 운동회가 있던 날, 평소 약주를 잘 안 하시던 아버지가 술이 많이 되신 것을 운동장에서 놀던 내가 잠깐 본 것이 마지막이었다. 어머니 돌아가시고 채 몇 달이 안 되어 아버지까지 돌아가셨지만 여전히 나는 천진난만한 개구쟁이로 도무지 슬픈 기억이 없다.

그 후 오남매인 우리 중 당시 18살이던 큰형님과 15살이던 둘째 형님은 이발소나 함석공장 등을 전전하며 돈을 벌기 시작했고, 누나는 완도에 있는 어느 비구니 스님 절에 맡겨졌다가 둘째 형님이 찾아가서 탈출시켰다고 한다. 그리고 하림 스님은 셋째 작은아버지 집에, 난 넷째 작은아버지 집에 각각 맡겨졌다. 그곳에서도 난 부모 없는 슬픔이 무엇인지 전혀 모르고 살았고, 오히려 당시 초등학교를 다니던 다섯 살 많은 사촌형을 이겨 먹으면서 동네 아이들과 재밌게 놀았던 기억밖에 없다. 부모님은 막내를 두고 가는 것이 가장 가슴 아팠겠지만 나로서는 너무 어려서 아무것도 몰랐던 것이 오히려 다행이었던 것이다.

귀신이 무서워요

다 큰 남자 조카가 하나 있다. 사지 멀쩡한 이 녀석은 어쩌다 보니 큰집의 큰아들로 태어나 장손이 되었는데 남들은 쉽게 인정하지 않지만 자기가 꽤 괜찮게 생겼다고 우기며 산다.

중고등학교 다닐 때는 대부분의 아이들이 그렇듯이 공부보다는 활동적인 운동을 더 좋아했고, 다음 날 학생 주임에게 걸려서 죽도록 맞든지 말든지 야간 자율 학습 시간에 과감히 월담해서는 가끔 가던 이모집에서 소주도 한 잔씩 한 것으로 안다. 키가 큰 편은 아니지만 농구를 좋아해서 수업 시간 외에는 농구장에서 살다시피 했고, 남자로서는 좀 특이하게 패션에 관심이 많아 고등학교를 졸업하고는 여학생들이 절대 다수로 많은 패션을 전공해서 나를 비롯한 많은 남성 가족들의 부러움을 샀다.

씩씩하게 군대를 다녀온 녀석은 현재 그럴듯한 직장에서 직장 생활을 잘하고 있으며, 최근에는 몇 년 동안 평일이고 휴일이고 수영을 배우더니 요즘은 수영장에서 만난 사람들과 어울려 위험한 바다 수영까지 즐기고 있다.

그런데 이 멀쩡한 녀석에게도 미스터리가 하나 있으니, 귀신을 너무나 무서워한다는 것이다. 어느 정도인가 하면 한창 반항기 충만한 중학생일 때는 '밤에는 물론이거니와 대낮에도 화장실을 혼자 못 가서 끙끙 앓는' 아이였고, 덩치가 성인 못잖게 자란 고등학생 때도 자기 방에서 혼자 자는 게 무서워서 새벽에 살그머니 엄마 옆에 와서 잠을 자니, 부모 입장에서 기가 찰 노릇이었다고 한다. 그렇다고 동네 창피하게 이런 일로 굿을 할 수도 없고, 할 수 있는 일이라곤 제사 때 덜어 놓은 밥을 물에 말아 먹으면 좀 낫다고 해서 할아버지 할머니 제삿밥은 항상 그 녀석 차지가 되었다.

요즘은 많이 나아져서 밤에 화장실을 못 가 잠자는 엄마를 깨우진 않지만 간혹 자다가 가위에 눌려 죽을 뻔했다느니, 할아버지 귀신이 산다느니 하는 말을 꺼내는 걸로 봐서는 크게 나아진 것도 없는 것 같다. 웃기는 게 엄마 따라 절에 가도 기도라고는 제대로 한 번 안 하는 놈이 잠깐 씻을 때를 제외하고는 눈이 오나 비가 오나 어떤 불편

한 상황에서도 절대 팔에서 염주를 빼지 않는다는 것이다. 말을 안 해서 그렇지 이 녀석은 손목에 감은 염주가 사탄을 쫓는 십자가나 귀신을 물리치는 마늘과 같은 물건이라고 굳게 믿는 눈치다.

몇 달 만에 스님이 미타선원에 오셨다. 그 덕에 미타선원에 계시는 스님들과 처사님, 보살님이 모여 재롱잔치를 하게 됐다. 잔치가 끝날 무렵 보살님이 끓여 준 맛있는 커피를 마시면서 이런저런 얘기를 하는데, 이때다 싶어 내 조카를 위해 스님께 물어봤다.

"스님들 보면 깊은 산중에 혼자 기도하시는 분들이 많잖아요. 왜, 약초 캐는 사람들이나 다닐까 아무도 안 다니는 산꼭대기에 몇 년씩 혼자 사시는 스님들 말이에요. 그런 데 살면 귀신이 나올 것 같기도 하고 짐승도 무섭고 해서 저는 도저히 못 살 것 같은데, 스님들은 안 무서우세요?"

그러자 스님은 아무 일도 아니라는 듯 살짝 웃으며 경북 사투리가 섞인 말투로 "무섭지 왜 안 무서워. 스님들도 똑같애. 허허." 하신다.

내가 좀 당황해하는 표정으로 "네?"라고 하자, 옆에 있던 하림 스님이 싱긋이 웃으며 이런 얘기를 꺼낸다.

하림 스님이 아는 어떤 젊은 스님이 그랬단다. 머리 깎은 지 얼마 안 되었을 땐데, 큰맘 먹고 혼자 산중의 작은 절에 기도하러 가게 되었단다. 산으로 난 깊은 골짜기를 따라 언제 사람이 다니기나 했는지 모를 정도로 풀이 자란 좁은 길을 헤치며 몇 시간째 올라가는데 짐승들이 싸 놓은 똥이야 몇 번 봤지 인기척이라고는 전혀 없는 적막강산이었다고 한다.

한참을 고생해서 올라간 끝에 전기도 들어오지 않는 절에 도착한 스님은 생쌀 한 봉지와 소금, 불경 두어 권과 목탁 등을 담아온 걸망을 작은 마루에 벗어 놓고 바로 법당으로 들어가 촛불을 켜고 켜켜이 쌓인 먼지를 닦아 내는데 어느새 해가 지고 컴컴한 밤이 되었다고 한다.

법당과 생활공간이 따로 없는 작은 절이었는데 하루 종일 피곤했던 스님은 가져온 생쌀을 조금 익혀 씹어 먹고는 마땅히 할 일도 없어 법당의 촛불을 끄고 잠시 누웠는데 '진짜 이 첩첩산중에 나 혼자밖에 없구나.'라는 생각이 들더란다.

그날따라 달도 뜨지 않아 주위에 빛이라고는 하나 없는데 법당의 촛불마저 끄고 아무것도 보이지 않게 되자 자연스럽게 귀가 아주 예민해지더란다. 그러자 조금 전까지는 아무 소리도 들리지 않았는데 갑자기 산짐승 소리가 바로 옆에 있는 것처럼 생생히 들리기 시작하고, 바람이 세게 부는지 큰 나뭇가지가 요란하게 흔들리는 소리가 들리고, 문창호가 부르르 떨리면서 누군가 문고리를 잡아당기는 듯한 소리까지 들리는데, 점점 무서운 생각이 들더라나?

더 큰 문제는 첩첩산중의 야심한 밤에 사람이 있을 리 만무하건만 어떤 양반이 문 밖에서 유행가 같기도 하고 민요 같기도 한 구성지고 요상한 노래를 부르는 게 아닌가? 또 조금 있자니 몇 명의 아이들 목소리가 들리는가 싶더니 웅성거리면서 이러쿵저러쿵하다가는 급기야 저희들끼리 싸우는 소리가 들리지 않나, 별 해괴한 소리가 다 섞여서 들리기 시작하더란다.

온몸에 소름이 돋기 시작한 스님의 입에서는 관세음보살님과 화엄신중이 절로 나오는데, 이불을 푹 뒤집어쓰고 꿇어 엎드린 채 밤새도록 관세음보살을 찾다 보니 어느덧 문 밖이 조금씩 밝아지더란다. 밤새 시끄럽게 노래 부르고 떠들던 놈들의 목소리는 묘하게도 주위가 밝아지는 만큼 점점 작아졌는데, 날이 환하게 밝자 언제 그랬냐는 듯 조용해졌다고 한다.

그러고도 스님은 이불 속에서 나오지 못하고 있는데 배도 고프고 다리도 저리고, 막상 밖으로 나가자니 이상한 놈들을 만날까 두렵고,

그렇다고 하루 종일 그렇게 있을 수도 없고 해서, 한참을 망설이다가 어차피 한번은 부딪쳐야 할 것 아닌가 하는 생각에 이불 속에서 나와 방문을 열었는데, 역시! 문 밖에는 아무도 없더란다. 행여나 싶어 몽둥이를 챙겨 든 스님은 절 구석구석을 샅샅이 뒤졌지만 사람의 흔적이라곤 찾을 수 없었단다.

'내가 신심이 부족해서 마구니가 설치나?' 이렇게 생각한 스님은 간단하게 생식을 끝내고 목탁을 치며 열심히 기도를 하는데 얼마나 지났을까? 분명 대낮인데도 법당 밖에 그놈들이 다시 나타나서 떠들기 시작하더란다. 신심이 부족한 때문이라고 생각한 스님은 더욱 큰 목소리로 목이 터져라 관세음보살을 염송하면서 목탁이 깨져라 세게 치는데 어찌 된 건지 이놈들의 떠드는 소리가 전혀 줄어들지 않았다. 급기야 어떤 놈은 자기 이름을 대놓고 크게 부르기까지 하더란다.

도저히 안 되겠다 싶은 스님이 목탁을 던져두고는 법당 문을 열어젖히면서 "거기, 누구요? 누군데 내 이름을 부르는 것이오."라고 했으나 문을 여는 순간 언제 사라졌는지 아무도 보이지 않았다. 순간 오싹 두려운 마음이 들면서도, 부처가 되겠다고 중이 된 놈이 기도하러 여기까지 올라와서 이게 뭐하는 짓인가 싶어 창피하기도 하더란다.

그리고 그날도 그 다음 날도, 밤만 되면 문을 꼭꼭 걸어 잠그고 이

불을 뒤집어쓰고는 관세음보살을 불러 대는데, 아무리 관세음보살을 부르고 염주를 돌려도 무서움이 가시지 않았다. 그러기를 여러 날, 가뜩이나 생식으로 영양 상태가 좋지 않은 데다 밤에 잠을 자지 못하고 낮에도 무서운 마음이 떠나질 않으니 몸이 바짝 말라 가면서 이러다 죽겠구나 하는 생각이 들더란다. 그쯤 되었을 때 스님이 이불을 뒤집어쓴 채 곰곰이 생각해 보니 '말라죽으나 귀신한테 해꼬지당해 죽으나 죽기는 매한가지가 아닌가.'라는 생각이 들더란다.

그래서 허약해질 대로 허약해진 허리를 곧추세우고 다리에 힘을 준 다음 캄캄한 문 밖으로 나가 평소 낮에도 음습해서 안 가고 밤이 되면 꼭 그놈들이 나오는 곳이 아닌가 생각되던 절 뒤 숲 속의 작은 굴 앞으로 갔단다. 그러고는 있는 힘을 다해 "야, 이 개 젓 같은 놈들아! 당장 내 앞에 나타나거라! 뒤에 숨어서 날 괴롭히니 그리 좋으냐? 차라리 날 죽여라. 이놈들아. 어서 날 죽여. 이 개… 놈들아!" 하면서 고래고래 고함을 지르기를 목이 쉬어 더 이상 아무 말을 못할 정도로 하고 났더니 갑자기 마음이 편안해지면서 그놈들에 대한 두려움도 싹 가시더라나!

욕을 하도 먹어서 그런지 어쩐지 그 뒤로는 그놈들이 코빼기도 보이지 않더란다. 그 뒤로 그 스님은 잘 때 문도 안 잠그고 편안하게 잠만 잘 자면서 3년을 수행하다가 하산하셨단다.

그러고 보니 일전에 우리 사무실 아가씨에게 내 조카 이야기를 한 적이 있다. 그녀는 자기도 가위에 눌린 적이 두어 번 있지만 지금은 하나도 무섭지 않다고 했다. 어떻게 했냐고 물으니 자기가 본 귀신은 쌍둥이 아기였는데, 그 녀석 둘이 침대맡에 앉아서 처음엔 조용히 재잘거리는가 싶더니 가만히 있으니 시끄러울 정도로 크게 떠들기 시작하더란다. 그래서 그녀가 "야이, 개… 놈들아! 죽을래? 시끄러워서 잠을 못 자겠잖아. 이놈들아, 잠 좀 자자!" 했더니 쏙 들어가서는 조용해지더란다. 그런데 조금 있자니 또 재잘거리기 시작해서 "에레이…" 하면서 본격적으로 다시 욕을 하려는데 완전히 사라져서는 그 뒤로 나타나지 않더라나!

고백하건대 조카의 이야기는 나의 이야기이기도 하다. 조카는 '밤길에 만나는 낯선 사람은 전혀 안 무서워도 귀신은 무섭다.'고 얘기하는데, 정도의 차이야 있겠지만 100% 공감하는 바이다. 오히려 절에 살던 어린 시절이나 20~30대에는 덜했던 것 같은데 40대 중반을 넘어서니 더 겁이 많아지고 새가슴이 되어 가니 어찌해야 좋단 말인가.

스님께 나의 고민을 물어보고 싶었지만 부끄러워서 조카를 빗대어 얘기를 꺼내었는데 그 답이라는 게 겨우 '만나면 쌍욕을 하는 것'이 전부라니.

이순신 장군께서 전투를 앞두고 "'필생즉사 필사즉생', 즉 살자고 하면 반드시 죽을 것이요, 죽고자 하면 반드시 살 것"이라고 하셨단다. 그래, 적군을 맞아 언제 죽을지 모르는 바다의 전투 현장에서는 그럴 수 있다. 또 군사들의 사기와 기세가 전투에 미치는 영향을 고려하면 이런 마음으로 무장한 군대는 그렇지 않은 오합지졸 군대에 비해 승리 가능성이 더 높다고 할 수 있으니 확률적으로도 이 말은 틀린 말이 아닐 게다. 그런데 전쟁은 무슨, 이 평화로운 세상에서 왜 밤마다 나는 필사즉생을 각오하며 잠을 청해야 하나!

배낭 속에 담은 삶의 무게

한 달에 한 번 정해진 한 권의 책을 각자 읽고 와서 생각을 나누는 독서 모임이 있다. 모임을 시작한 지 3년 가까이 되었으니 벌써 서른여섯 권의 책을 읽은 셈이다. 어떤 책을 주로 읽느냐고? 책을 선정하는 방법은 간단하다. 모임에 오는 사람들 중 자신의 차례가 된 사람이 "난 이번에 이 책을 하고 싶어요."라면서 책 제목과 출판사를 지정해 주면 그만이다. 그러다 보니 주제도 문화, 역사, 경제, 환경, 전쟁, 건강 등으로 매우 다양하다. 한번은 '와인의 역사'를 다룬 만화책을 선정해서 모임을 했는데 그날은 와인에 조예가 깊은 분을 섭외해서는 아주 괜찮은 와인 바에 둘러앉아 그분이 따라 주는 와인을 마시며 놀았던 추억도 있다.

이달의 책은 『히말라야 환상방황』으로 정유정이라는 요즘 잘나가는 작가가 쓴 책이다. 이 책을 선정하게 된 것은 무엇보다도 우리 모임의 최고령자로서 이미 환갑이 넘은 큰형님 때문이었다. 그런 큰형님이 지난해 봄이었나, 독서 모임이 끝나고 뒤풀이 삼아 소주 한 잔 하는데 갑자기 이번 겨울에 히말라야 트레킹을 가겠다고 선언하셨다. 헐! 모임 참석자들이 다들 기가 막혀서 '아니, 이 형님이 이 나이에 왜 갑자기 히말라야를 간다고 하시나?' 하고 쳐다보는데, 옆자리에 앉아 있던 덩치 좋은 형님이 대신 말씀하신다. 자기도 얼마 전에 큰형님한테 들었는데 진짜 히말라야를 가겠다고 매일 한두 시간을 걸어서 출퇴근하시고, 주말에는 비가 오나 눈이 오나 무조건 산을 다니시며, 심지어 요즘은 아파트 발코니에 아무것도 안 깔고 자는 연습까지 하신단다.

들고 있던 사람들은 놀랍기도 하고 어이가 없기도 한데, 아무리 젊어서부터 등산을 즐긴 분이라 해도 히말라야가 어떤 산인가. 우리나라 한라산이나 지리산은 높으나 웅장함에서 비교할 바가 못 되지 않는가. 거기가 어딘데 가겠다는 건지 원 말문이 막혀서…. 좌중은 일순간 정전이 된 듯 고요해졌다.

그래서 내가 "좋습니다. 그럼 직장은 어쩌시고요?" 하고 짐짓 심각한 표정으로 물었더니 형님은 뭐 별거 아니라는 듯 웃으며 "허허, 사

표 써야지. 어느 직장이 내비 두겠노." 하셨다.

세월은 참 빠르다. 설마설마하는 우리를 두고 큰형님은 과감히 사표를 던지시더니 한창 추울 때인 12월과 1월 무려 60일간의 히말라야 트레킹을 다녀오셨다. 그 큰형님이 히말라야에 가 있는 동안 우리는 큰형님의 무사귀환을 빌며 우리끼리 책을 정했는데 그것이 오늘 얘기할 『히말라야 환상방황』이었다.

모임 장소는 연산동 뒷골목의 막걸리 집이었다. 평소에는 조용한 카페나 시민단체 회의실을 빌려서 모임을 하지만, 오늘은 특별히 큰형님의 무사귀환을 환영하는 의미에서 처음부터 막걸리 집을 선택한 것이었다.

내가 먼저 도착해서 사람들 숫자에 맞춰 막걸리와 파전을 주문했다. 곧 반가운 큰형님이 좀 그을리기는 했지만 건강한 얼굴로 나타나시고 다른 분들도 비슷하게 들어와 둘러앉게 되자 다들 오랜만에 만난 큰형님에 대한 인사가 줄을 이었다.

책은 어느새 뒷전이고 큰형님의 무용담을 듣고 싶었던지 자연스럽게 큰형님과 우리들 사이에 질문과 답이 오가는 형태로 모임이 진행되었다. 막걸리가 있으니 큰형님의 말씀 한 자락은 곧 술 한 잔이 되었다. 여러 얘기들이 오고 갔지만 큰형님의 말씀을 요약하자면 이렇다.

'히말라야는 우리가 사는 도시와 산악 지대라는 공간적인 이동도 있지만, 그것보다는 오히려 타임머신을 타고 먼 과거로 시간 이동을 한 것이 아닌가 하는 느낌이 더 크다. 과거 어린 시절 자신이 그랬고 또 친구들이 그랬던 것처럼 자기가 살았던 시골 마을의 풍경과 너무나도 흡사한 공간에서 마치 자신의 어린 시절 노는 모습까지도 꼭 닮은 아이들의 천진난만한 모습을 보고 있노라면 어느 순간 자신이 과거로 돌아간 것이 아닌가 착각에 빠질 정도라는 것이다. 그럼에도 그렇게 부족하고 가난하게 사는 사람들의 행복지수가 세계 최고인 곳으로 평가되는 히말라야는 어느 날 자신의 과거를 보고 싶거나 또는 그런 시대를 모르는 아이들에게 보여 주고 싶다면 꼭 함께 가 볼만 한 곳이다.'

자리가 한창 무르익어 갈 즈음 거의 마지막으로 나온 문답 하나는 내게 특별히 기억에 남았다.

"그런데 형님, 고산병이 어떻고 하는 얘기는 책에서 봤으니 알겠는데요, 거기 다녀와서 뭐가 제일 마음에 남던가요?"

이제는 큰형님도 술이 좀 되셨는지 살짝 혀가 꼬였지만 이 질문에 대해서는 갑자기 진지한 표정이 되더니 자신의 휴대 전화에 담아 둔 여러 장의 사진 중에서 애써 한 장을 찾아 보여 주신다.

"이 사진을 한 번 봐."

사진 속의 큰형님은 자기 몸의 반이나 되는 큰 직사각형의 빨간 배낭을 메고 계단을 오르고 있다. 그러고는 "이 배낭의 무게가 삶의 무게인 거야."라고 하시더니 사람 좋은 얼굴로 허허 웃으신다. 큰형님의 말씀을 덧붙이자면 자기가 히말라야에서 수십 장의 사진을 찍었지만, 짐을 들어 주는 가이드도 없이 온전히 혼자 트레킹을 하면서 '내가 지고 가는 배낭의 무게가 곧 내 삶의 무게야.'라고 깨닫게 된 이 사진을 얻은 것이 가장 큰 소득이었다고 한다. 그러고는 여기에 사는 우리도 '버리면 버릴수록 삶이 가벼워지고 자유로워진다는 것'을 잊지 않고 살아야 한다며 마치 도인처럼 말씀하셨다.

말씀이 끝나자 옆에서 가만히 듣고 있던 덩치 큰 형님이 우스갯소리로 "아니, 형님, 히말라야까지 가서 고생 고생 하고 오시더니 어디 좀 이상해진 거 아니오?"라고 하는 바람에 다들 한바탕 크게 웃으며 술자리를 파했다.

3년 전이었다. 당시 우리 가족은 부산에 살면서 해마다 김장철이 되면 시골 처갓집에 가서 일을 도왔는데 그날도 김장하러 처갓집에 갔다가 평상 위에 쌓아 둔 배추를 보고는 깜짝 놀라지 않을 수 없었다. 어디 군대에서 김장하는 것도 아니고 장모님은 250포기라고 끝까지 우기셨지만 누가 봐도 그것은 300포기가 훨씬 넘는 어마어마한 양이었다. 기가 막힌 내가 도대체 누가 다 먹을 거냐고 따지듯 묻자 장모님은 서울 동생들 식구와 서울 큰사위, 큰사위네 가족, 처녀 시절부터 장모님이 알고 지내던 지인들은 해마다 해 오던 것들이고, 거기다가 이번에는 아내의 친구들로부터 여기저기서 주문 받은 것들까지 장만하려다 보니 그렇게 되었단다. 남자라고는 많이 부실한 나밖에 없는 상황에서 금요일 오후에 도착한 나는 일요일 오후까지 꼼짝없이 배추를 져다 날랐으니 그날 이후 사흘 동안 몸살이 난 것도 당연했다.

용띠와 개띠는 궁합이 안 맞는다고들 한다. 그래서인지 용띠인 장모님은 어쩌다 개띠인 나를 만나는 바람에 자주 투닥거리기 일쑤다. 특히 최근에 시골로 이사 와서 장모님과 함께 살다 보니 부딪칠 일은 더욱 많아졌는데, 천성이 게을러서 집안에서 아무것도 하기 싫어하는 사위의 시골 생활은 한시도 가만히 있지 못하시는 장모님을 만나서 괴로운 것이다. 반면 장모님은 젊은 놈이 집에 오면 허구한 날 빈둥거리면서 TV 보다가 낮잠이나 자고, 베짱이처럼 기타나 두드리고 놀면서 도대체 생산적인 일은 전혀 하지 않으려는 그런 사위를 만났으니 한심하기 짝이 없다고 느끼실 만도 하다.

얼마 전에는 부지런한 장모님이 마을의 노는 땅을 빌려서 참깨 밭을 일구셨는데 팔순이 다 되어가는 분이 밭을 갈다가 몸살이 났는데도 또 밭에 나가셨다. 도저히 눈치가 보여 할 수 없이 따라나선 내가 장모님께 여쭤봤다. "장모님! 이거 농사지으면 참기름 몇 병 나와요? 이거 약값이 더 드는 거 아닙니까? 저녁마다 애들한테 허리 밟아 달라고 하지 마시고 제발 몸 생각해서 적당히 좀 합시다." 그러나 장모님은 오히려 혀를 끌끌 차면서 "기름 몇 병 나오는지 생각하면 농사 못해. 그래도 자식들이 좋은 거 먹잖아. 그렇게 서서 잔소리나 할 거 같으면 집에 들어가!" 하시면서 어찌나 호미질을 해 대는지 누가 보면 젊은 놈이 가만히 서서는 꼬부랑 할머니 부려 먹는 것처럼 보일 지경이었다.

나와 아내는 목적지에 대한 확신도 없이 정신없이 앞만 보고 달려가는 우리들 인생에서 브레이크를 잡고 천천히 주위를 둘러보며 살고 싶어서 시골로 왔다. 도대체 낮인지 밤인지 알 수 없을 정도로 휘황찬란한 도시의 불빛과 소음에 지쳐 버린 자가 한적한 시골 밤하늘의 별

빛을 바라보며 살고 싶다는 희망으로 큰 결심을 하게 된 것이다. 그런데 웬걸! "장모님! 저는 농사지어 돈 벌 생각 없어요. 그냥 심심하니 텃밭에 상추나 심고 고추, 토마토나 따서 먹는 거지. 이러려고 시골 온 거 아니에요."라고 아무리 얘기해도 귀를 닫으셨는지 장모님의 호미질은 더욱 빨라질 뿐이다.

심지어 나보다 열 배는 더 부지런한 아내도 잠시도 가만히 있지 못하시는 장모님과 같이 사는 게 힘들기는 매한가지인가 보다. 어떨 때 보면 친정 부모가 아니라 시부모랑 사는 것인지 헛갈릴 정도로 티격태격하는데 주된 내용은 잠시도 멈출 줄 모르는 부지런한 엄마와 그런 엄마가 한없이 안쓰러운 딸의 이야기인 것이다.

글을 쓴다는 핑계로 가만히 앉아 장모님의 흉이나 보다 보니 몇 달 전 큰형님의 말씀이 생각났다. 다른 사람들과 마찬가지로 큰형님도 두 달 동안 히말라야 트레킹을 하면서 등에 진 짐이 가장 큰 문제였다고 한다. 뭐든 가져가면 다 쓸모가 있을 것이니 처음엔 다들 배낭에 이것저것 많이 담아 가지만 하루도 못 가서 후회한다는 것이다. 그러니 다음 날 출발할 때 다시 짐을 싸면서 가장 불필요한 게 뭔지 생각해서 짐을 하나 줄이고, 또 그 다음 날이 되면 뭘 버려야 짐을 줄일 수 있나 고민해서 또 버리고, 이렇게 하루하루 뭘 버릴 수 있을까를 생각하는 한편으로는 또 내가 살아남기 위해서는 뭘 반드시 가지고 가야 하나를 생각하면서 두 달을 걷다 보니 '꼭 필요한 게 아니라면 버려야 비로소 자유로울 수 있다.'는 것을 깨닫게 되었다는 것이다. 그런 큰형님은 요즘도 배낭을 짊어지고 있는 자신의 사진을 보며 '꼭 필요하지도 않은 것에 욕심을 내면 삶이 고달파질 뿐'임을 잊지 않으려 애쓴다고 한다.

오늘도 밭에 나가서 일손을 놓지 못하는 장모님에게 큰형님의 이야기를 전하면 어떤 반응을 보이실까?

꽃 필요한 게 아니라면 버려야 비로소 자유로울 수 있다.
꽃 필요하지도 않은 것에 욕심을 내면 삶이 고달파질 뿐임을
잊지 않으려 애쓴다.

속가 이야기

　스님은 일제시대인 1940년도에 경상북도 울진군 서면(지금은 '금강송면'으로 명칭이 변경됨)에서 방응화(方應華)와 양영심(梁英心)을 부모로 9남매 중 장남으로 태어났다. 스님의 집은 선대로부터 논밭과 산을 조금 가진 집안으로 스님이 읍내의 중고등학교로 유학할 정도로 동네에서 좀 사는 편에 속했다.

　스님의 아버지는 스님이 3살쯤 되었을 때 학도병으로 끌려가서 호주 바로 위의 남태평양에 있는 파푸아뉴기니의 뉴기니 전투에 참전하셨는데 1945년 8월에 전쟁이 끝난 줄도 모르고 석 달을 더 숨어 살다 가는 일본을 거쳐 부산으로 들어오셨다. 부산에 도착한 아버지는 걸어서 대구를 거쳐 영주까지 오셨다가 영주의 외할머니 댁에서 잠시 쉬었는데 그때 어머니가 5살 정도 된 스님을 아버지에게 데리고 갔다.

그러나 얼굴도 전혀 모르는 비쩍 마른 사람이 아버지라고 와서 무릎에 앉으라고 하는데 스님은 무서워서 어머니 뒤에 숨기 바빴다고 한다.

그렇게 귀향한 아버지는 한 3년은 열심히 농사를 짓고 할아버지 뜻에 따라 면서기 일도 잘했다고 한다. 그러나 3년이 지나면서 면서기 일을 그만둔 아버지는 휘발유 차를 사서 목재상을 시작했다. 그 당시 휘발유 차라고 해야 일본이 패망하면서 두고 간 오래된 똥차였는데 논밭 팔아 산 차가 만날 고장이 나는 바람에 오히려 소달구지로 목재상 하는 것보다 수입이 못했다고 한다. 스님은 차라리 그때 아버지가 면서기를 계속했으면 논밭도 그대로 가지고 있고 자식들 형편도 더 나아졌을 것인데 논밭 팔아 장사하면서 고생만 하시다가 집안이 폭삭 주저앉게 되었다고 했다. 그렇게 아버지가 싹 망해서는 속이 상해 술도 많이 마시고 동네에서 행패도 부리곤 했는데 당시에 장남이라도 집에 있었다면 좀 달라졌을지 모르지만 장남인 스님은 출가하여 어디 사는지도 모르는 상황에서 집에서는 어머니가 매일같이 아버지의 횡포에 시달리며 살았다고 한다.

그런 아버지의 횡포도 오래가지는 못했는데 출가한 스님이 동국대학교 재학 중 군대를 갔다가 제대하고서 면사무소에 제대 신고를 하러 고향에 갔더니, 그때 병들고 몸이 안 좋아진 아버지는 오히려 어머니에게 꽉 잡혀서 살고 있더란다. 그리고 뒤늦게 정신을 차린 아버지는 논밭 다 팔아먹고 남은 5천 평 정도 되는 산을 개간해서 그 땅에 따로 조그만 초막을 짓고 살고 있었는데 제대한 스님을 보고 하염없이 눈물을 흘렸다고 한다. 전쟁통에 간신히 살아온 아버지는 자신이 낳은 아들이 군대를 갔다 올 거라고는 상상도 하지 못했는데 그런 아들이 제대하고 인사를 하러 오니 흐르는 눈물을 주체할 수 없었던 것이다.

스님의 아버지가 돌아가신 것은 스님이 대구 공군기지에서 군 법사로 근무하던 때로, 아버지가 초막에 사신 지 몇 해 안 된 때였다. 스님은 젊었을 때는 아버지를 많이 원망했다고 한다. 그러나 그런 아버지의 삶도 스님에게는 전부 다 교육이 된 거라며 아버지의 삶을 반면교사로 삼아 평생 술을 절제하고 담배도 안 피우게 되었다고 한다.

비록 스님이 아버지의 삶에 대한 이야기를 이렇게 하셨지만 전쟁터에서 구사일생으로 살아 돌아와서 열심히 살다가 사업에 실패하는 바람에 말년에 고생만 하시다가 돌아가신 아버지 이야기를 하면서 가슴 아프지 않을 자식이 어디 있겠는가? 어느덧 희수가 되신 스님도 아버지 이야기를 하시며 살짝 눈물을 보이셨다.

그리고 자식처럼 키운 우리에게 "약한 사람들은 늘 조심하니까 말년까지 건강한 거야. 건강한 사람들은 건강 믿고 몸을 함부로 해서 밥도 두 그릇씩 먹고 과식하다가 40대 되니 다 득병하더라고. 그러니 늘 절제하고 조심해야 하는 거야."라고 힘주어 말씀하셨다.

출가 인연

    고등학교를 막 졸업한 스님은 할아버지의 뜻에 따라 동네 뒷산의 불영사라는 절에 한자 공부를 하러 가게 되었다. 당시만 해도 불영사에는 고등고시를 준비하러 온 학생들이 많았다. 그들 대부분은 작은 방을 하나씩 차지하고 공부를 했는데 뒤늦게 들어온 스님은 남아 있는 공부방이 없다 보니 30대 중반의 스님이 살고 있던 큰방에서 같이 생활하게 되었다. 그때 만난 스님이 혜융 스님이었다. 그렇게 혜융 스님과 같이 살게 된 스님은 주로 윗목에 앉아서 한자 공부를 했고 혜융 스님은 아랫목에서 불교 경전을 보거나 좌선을 하셨는데 스님은 좌선을 하거나 경전을 읽는 모습을 처음 보고 신기하기도 하고 궁금하기도 했다고 한다.

    그러던 어느 날 혜융 스님이 초발심자경문이라는 책을 내밀며 "한

번 읽어 봐. 다른 공부도 좋지만 한자 공부에 이 책이 도움이 될 거야!"라고 하셨다. 책을 받아 든 스님은 경전에 대한 호기심도 있고 한자 공부도 할 겸 해서 열심히 읽었다. 물론 이제 갓 고등학교를 졸업한 스님에게는 열심히 봐도 뜻을 가늠하기 어려운 부분이 있어서 혜융 스님에게 종종 도움을 청했는데 그럴 때마다 귀찮다 여기지 않고 이해하기 쉽게 설명을 잘해 주니 둘은 자연스럽게 스승과 제자 같은 사이가 되어 갔다. 또한 같은 방에서 생활하다 보니 먹고 자고도 같이 하고 청소와 빨래도 같이 했으며 산책도 같이 하는 등 십오륙 년의 나이 차이에도 불구하고 스스럼없이 지내게 되었고, 그렇게 살다 보니 마치 집안의 큰형님과 막내 동생 같은 살가운 감정도 생겨났다.

그러던 어느 날 혜융 스님이 절에서 감을 따다가 미끄러져서 스님처럼 허리를 크게 다치는 일이 생겼다. 아파 본 사람이 고통을 안다고 고등학교 때 허리 때문에 큰 고생을 했던 스님은 혜융 스님 곁에서 수일간 정성스럽게 간병을 했지만 갈수록 병세가 악화되어 할 수 없이 읍내 병원에서 치료를 받기로 했다. 당시 산골이었던 불영사에는 읍내까지 다니는 버스가 없어 무려 70리 길을 걸어가야 했는데 같이 갈 사람이 없어서 혜융 스님 혼자 걸어가게 되었다. 혜융 스님이 읍내에 가던 날 안타까운 마음에 멀리 산등성이를 돌아나갈 때까지 배웅을 한 스님은 "이제 그만 됐으니 돌아가라."는 혜웅 스님의 말씀에 어쩔 수 없이 돌아서야 했지만 50년이 더 지난 지금까지도 그 먼 산길을 오직 지팡이 하나에 의지해서 절뚝절뚝 걸어가던 혜웅 스님의 뒷모습이 생생하게 기억날 뿐만 아니라 조금도 잊혀지지 않는다고 한다.

혜웅 스님이 떠난 후 불영사 큰방에 혼자 남게 된 스님은 가끔 여러 절을 오가는 스님들에게 혜웅 스님의 행방을 물어보았지만 도통 아는 분이 없어 애가 탔다. 그렇게 날이 갈수록 혜웅 스님에 대한 그리움과 애틋함이 커져만 갔는데 그런 마음을 애써 누르고 스님은 혜웅 스님이 주고 간 초발심자경문의 의미와 설명을 하나하나 되새기며 다시 공부를 하다 보니 어느 순간 자신도 혜웅 스님의 길을 따라 출가를 해야겠다고 결심하게 되었다.

그런데 막상 출가를 결심하고 집에 내려왔지만 부모님께 어디서부터 어떻게 말을 꺼내야 할지 입이 떨어지지 않아 막막했다. 설상가상으로 집안에서는 스님의 혼사 이야기가 오가고 있었는데 물망에 오른 동네 처녀 두 명을 두고 아버지와 할아버지가 매일 싸우기까지 했다. 아버지는 동네 처녀 중에서 인물 잘난 아가씨를 점찍어 놓았는데 할

아버지는 그런 아버지에게 '인물 잘나서 어디다 써 먹느냐.'며 일 잘하는 각시가 최고라며 싸우셨던 것이다. 더욱이 그 무렵은 나무를 베어 파는 목재상을 하시던 아버지 사업이 가뜩이나 잘 안 되어 집안을 일궈야 할 장남으로서 고민이었는데 구체적으로 혼사 이야기까지 나오는 바람에 '영영 출가를 못하겠구나.'라고 생각한 스님은 난처하기 그지없었다.

그렇게 스님은 어찌할 바를 몰라 기회만 엿보고 있는데 마침 서울에서 야간고등학교를 다니고 있던 세 살 아래 여동생이 등록금이 없어 도와달라는 편지를 아버지에게 보내 왔다. 좋은 기회를 잡은 스님은 부모님에게 "서울 동생이 어떻게 사는지 살펴보고 간 김에 무전여행도 하며 세상 구경 좀 하고 오겠습니다."라고 말씀드리고는 그 길로 출가의 길을 나서게 되었다.

그러나 거짓말을 하고 길을 나서긴 했지만 마음이 편하지 않았는데 삼십 리쯤 걸어가다 보니 마을까지 버스가 다닐 수 있도록 길을 닦고 있는 공사장이 보였다. 공사장에서는 냇가에서 돌을 주워 올리는 인부들에게 숙식을 제공하고 일당도 지급했는데, 가뜩이나 가족에게 미안했던 스님은 출가하기 전에 여동생 등록금은 마련해 주고 가야겠다 싶어 주저 없이 일을 시작했다. 그렇게 20여 일 동안 돌을 주워 올려 여동생 등록금과 약간의 여비를 마련할 수 있었던 스님은 서울에 도착해서 등록금(훗날 그 등록금을 두고 내 평생에 좋은 일은 이것 하나 한 것이라며 자랑을 하시곤 하셨던)을 여동생에게 쥐어 주고는 마지막으로 빵집에 들러 여동생이 좋아하는 빵을 사 줬다. 그리고 여동생의 기숙사로 돌아오는 길에 속가에서의 작별을 고하며 "나는 속리산 법주사로 가서 스님이 될 거야. 충격을 받을 수도 있으니 부모님께는 알리지 마라."라고 하였다. 그리고 속리산 법주사로 출가의 길을 떠났다.

속리산 법주사에서 추담 스님을 은사로 하여 출가한 스님은 그 뒤로도 혜융 스님을 잊지 못해 기회 있을 때마다 혜융 스님의 행방을 찾았지만 살았는지 죽었는지 아는 사람이 없었다. 그런데 20여 년이나 지나 쌍계사 주지로 발령을 받아 온 지 얼마 안 되어서 우연히 마을의 보살님으로부터 혜융 스님의 이야기를 듣게 되었다. 평생을 잊지 못해 그렇게 수소문을 해도 소식을 알지 못했는데 뜻밖에도 쌍계사에서 혜융 스님의 이야기를 듣게 된 것이다.

보살님의 말에 의하면 혜융 스님은 불과 몇 해 전 쌍계사에 오셨는데 큰 절 뒤에 작은 토굴을 짓고 혼자 사셨다고 한다. 그때도 혜융 스님은 여전히 허리가 좋지 않아 고생하셨는데 바로 지난해에는 다른 병까지 생겨 돌아가시면서 마지막 말씀으로 "내가 죽거든 이 작은 움막을 태워 달라."고 하셨다고 한다. 애써 지은 토굴을 태우기가 안타까웠던 보살님이 그 이유를 물으니 "토굴 생활이 힘들기도 하지만 수행을 잘못하면 오히려 몸과 마음을 해치기 쉬운 것"이라고 하면서 "내가 죽고 나서 어중이떠중이 수행자가 들어와 수행도 안 하면서 토굴을 망칠 수 있어 걱정이니 아깝다 생각 말고 꼭 태워 주시오."라고 하셨단다. 그렇게 혜웅 스님은 그토록 애타게 찾아다니던 스님이 쌍계사 주지로 오기 직전 해에 쌍계사 바로 뒤 토굴에서 아무런 삶의 흔적을 남기지 않은 채 조용히 돌아가셨던 것이다.

돌이켜 보면 혜웅 스님은 스님에게 평생 수행자의 길을 가게 해 준 또 한 분의 스승이자 자상한 큰형님과도 같았다. 스님이 작고 누추한 다락방을 고집하시는 것은 혜웅 스님께 처음 배웠던 초발심자경문의 검소하고 소박한 수행자의 가르침을 지키고 싶은 것이라 생각된다. 또한 평생을 참된 수행자로 정진하며 살다가 돌아가신 혜웅 스님의 삶을 닮아 가고자 하는 의지는 아닌지 어느덧 희수를 맞이하신 스님의 뒷모습에서 어렴풋이 혜웅 스님의 모습을 떠올리게 된다.

콤플렉스

　2016년 7월 중순 한여름 오후였다. 숲과 텃밭들로 둘러싸인 스님의 작은 절은 대낮인데도 모기가 많았다. 점심 식사를 마친 스님과 나, 하림 스님은 절 마당의 큰 은행나무 밑에 둘러앉았다. 모기향을 피워 놓고도 모자라 연방 부채로 모기를 쫓으면서 이런저런 얘기를 나눴는데 그중 스님의 소탈한 성품이 그대로 드러나는 얘기가 한 토막 있었다.

　"내가 초등학교 4학년이나 5학년쯤 되었을 때야. 하루는 친구들이 엊저녁에 엄마 젖가슴 만지고 잤다고 자랑을 하는 거야. 그런데 나는 어렸을 때 엄마 젖가슴 만진 기억이 없거든. 동생들이 줄줄이 태어났으니까. 그 얘기를 듣고는 나도 한번 해 봐야겠다 생각했어. 그래서 여동생이 젖을 먹고 있는데 엄마 뒤에 가서 살짝 젖가슴을 만져 본 거야. 그랬더니 엄마가 머리를 탁 때리면서 '니꺼 아니야. 이거 동생 꺼야.' 하는 거야. 그래도 자꾸 만지면 엄마가 못 이기는 척 내줄 거 아냐. 그런데 내가 어릴 때부터 쪼다야. 용감한 마음이 없어. 누가 뭐라 하면 쏙 들어가는 거야. 그래서 결국 실패했지. 허허.

그다음은 내가 고등학교 2학년 때인데, 4년 선배 중에 이 선생이라고 있었어. 읍내에 있는 부잣집 딸인데 그때 우리 동네에서 초등학교 선생을 했지. 읍내랑 우리 동네랑 거리가 70리가 넘으니 그 여선생이 내 방에 와서 살았어. 나는 읍내 그 여선생 방에 가서 살면서 고등학교를 다녔고. 그러니까 둘이 방을 바꿔 살았던 거지. 그런데 토요일에 내가 집에 오면 여선생하고 같이 자게 된 거야. 내 방이었으니까. 난 그때 고등학생이라 해도 키가 작아서 완전 꼬맹이라 아직 몸에 털도 안 났어. 내가 아주 늦게 큰 거야. 18살에 고등학교 2학년인데도 미성숙했어. 그런데 우리 아버지가 짓궂어서 아들 삼수가 여선생이랑 같이 잔다고 온 동네에 소문을 다 내고 다닌 거야. 그러니 동네 면장, 부면장 이런 분들이 나만 보면 불러서 '야, 너, 이 선생하고 같이 잔다면서.' 하고 놀리곤 했지.

하루는 자다가 새벽에 눈을 떠 보니 내가 여선생 젖가슴에 머리를 처박고 자고 있는 거야. 하지만 내가 아직 미성숙하다 해도 생각은 있었을 거 아냐. 그래서 여선생 젖가슴에 살그머니 손을 올려 본 거야. 그런데 여선생이 내 손을 탁 치더니 '어이구, 니도 남자가!' 이러는데 얼마나 창피한지 손이 쏙 들어가 버렸어. 허허. 그때 일이 났으면 내가 중노릇 못했지.

그렇게 엄마 젖가슴도 실패하고 여선생 젖가슴도 실패한 거지. 그 뒤에 어른이 되어 대학생활 하고 군대생활 하면 여자 친구를 만나게 될 거 아냐. 그런데 어릴 때 실패한 콤플렉스가 있어서 여자 친구를 만나면 좀 친해진 다음에 젖가슴을 만져 보든지 해야 될 건데 친해지기도 전에 젖가슴부터 만지려 덤비는 거야. 결국 연애도 못 해 보고 귀싸대기만 맞고 끝나는 거지. 내가 젊어서 귀싸대기 맞은 게 좀 많아. 허허.

한번은 고향 친구의 여동생이 친구를 소개해서 만난 적이 있는데 내가 그 친구 젖가슴을 만지다가 귀싸대기 맞은 적도 있어. 뭘 좀 친해져야 젖가슴도 만지고 할 건데 그런 게 없이 젖가슴부터 만지려고 했으니 어느 여자가 좋다고 그래. 그러고는 막살한 거지. 그 친구가 다 늙어서 지금도 우리 절에 놀러 와. 그런데 보살들이 대번에 눈치를 채더라고. 옛날에 썸씽 있었던 거 아니냐고. 허허. 그래서 내가 이실 직고 했지. 옛날에 잠시 연애했다고.

돌이켜 보면 나는 연애라는 게 뭔지도 몰랐던 거야. 그냥 어릴 적 엄마 품이 그리워서 젖가슴 한번 만져 보고 싶었던 거지. 하긴, 연애를 몰랐으니 내가 지금까지 중노릇하고 있는지도 모르는 거야. 허허.”

스님의 건강 관리법

    스님께서는 올해 77세로 누구보다 건강한 모습으로 희수연을 맞이하셨다. 스님의 연세를 모르는 분이 스님을 처음 뵈었다면 10년은 더 젊게 볼 정도로 건강할 뿐만 아니라 지금도 늘 하시는 염불은 말할 것 없고 새로 배운 노래 가사까지 정확하게 외워 부르실 정도로 기억력이 좋으시다.

    그렇게 건강한 스님이지만 초중고 시절에는 동네에서 가장 키가 작고 왜소해서 고등학교를 졸업할 때까지 '앞으로 나란히'를 한 번도 못해 봤다고 하신다. 제일 앞에만 서다 보니 남들이 구령에 맞춰 팔 뻗을 때 스님은 늘 '차렷' 자세만 하고 있었던 것이다. 중고등학교 시절 한창 커야 할 때 읍내에서 자취한다고 반찬이라고는 고추장 한 가지에 밥 비며 먹고 살다가 고등학교 졸업하고 집에 와서 나물 반찬에 집

밥을 먹었더니 그때서야 키가 쑤욱 자랐다고 한다.

고등학교 때 계곡에서 물놀이를 하는데 높은 바위에서 멋있게 다이빙을 하려다가 허리가 뒤로 꺾이는 바람에 '뚝' 하고 소리가 나서 겨우 뭍으로 기어 나오긴 했지만 그 뒤로 평생 허리가 좋지 않아 고생도 하셨다고 한다.

이렇듯 스님은 어려서부터 다른 사람에 비해 건강이 좋지 않아 늘 몸을 조심하고 보살피면서 살 수밖에 없었는데 오히려 그런 자세로 살아온 것이 지금까지 스님의 건강을 유지해 온 비결이라는 것이다.

건강 얘기가 나온 김에 아침을 먹다가 "건강검진은 받아 보셨어요?"라고 여쭈었다. 그런데 스님은 태연하게 "아니, 한 번도 안 받았어."라고 대답하신다. 좀 당황한 내가 "네? 아니, 그래도 때마다 건강검진은 받아 보셔야 되는 거 아닙니까?"라고 했더니, 스님께서는 "꼭 필요하면 병원을 가지만 건강검진은 안 받아." 하시고는 인상을 찌푸리며 "건강검진 받은 양반들은 다 띠냈어." 하신다.

"네? 뭘요?"

"거 있잖아. 창자에 조그많게 혹 난 거."

"아! 용종이오?"

"그래 그거. 그건 피부에 난 사마귀처럼 가만히 놔 두면 자연스럽게 다 없어지는 거여. 근데 병원만 가면 의사들이 무조건 떼내 버려. 돈 벌라꼬!"

그렇게 말씀하시며 스님은 혀를 끌끌 차신다. 그러고는 "이 나이에는 건강검진이 중요한 게 아니라 평소에 적게 먹는 소식(小食)이 중요해. 난 하루에 계속 두 끼 먹잖아. 그러니 지금까지 속병 나서 고생한 적이 없어."라고 하신다.

그래도 내가 "걱정 안 되세요? 속병이야 그렇다 치고 예전에 다친 허리는 좀 어떠신지?"라고 물어보자 "허리는 수행하면서 다 나았어. 수행을 잘하면 부처님이 제일 안 좋은 곳부터 고쳐 주는데, 평생 그렇게 나를 고생시키던 허리가 봉암사 안거 첫 해에 다 나아 버린 거야! 허허." 하고 웃으신다.

그러고는 적게 먹는 '소식'이 왜 중요한지에 대해 일장 연설을 시작하신다.

"소식이 왜 중요하냐. 우리 몸은 소식을 해야 신체 공장이 풀(full)로 가동되는 거야. 음식이 모자라는 게 문제가 아니고 많이 먹어서 남는 게 문제야. 남으면 우리 몸의 기관이 그걸 처리하기 위해서 무리하게 가동될 수밖에 없고, 그것이 반복되다 보면 몸의 기능이 전부 다 고장 나 버리는 거야. 또 천천히 먹어야 돼. 급하게 빨리 먹으면 소화

기관이 다 고장 나게 돼 있어."

음식을 적게 먹을 것과 함께 천천히 먹을 것을 강조하시더니 갑자기 나를 보며 "문조, 니도 거 뱃살 빼라." 하신다.

헉! 갑자기 스님께 한방 먹은 기분이다. 나는 얼른 화제를 돌려야겠다 싶어 "소식이나 천천히 먹는 것도 좋지만 운동도 하셔야 되는 거 아닙니까?" 하며 다시 여쭈었다. 스님은 "운동? 내가 따로 운동하는 건 없어." 하시더니 절 뒤쪽을 가리키며 "나는 여기 절 뒷산에 올라 다니면서 산책도 하고, 산책하면서 나무랑 꽃도 가꾸고, 또 다락방에 앉아서 요가도 좀 하지. 그런 거 말고 따로 운동 같은 거 하는 건 없어." 하신다.

나는 웃으며 "아! 네에. 그 정도면 운동 많이 하시는 거네요."라고 말씀드렸지만 속으로는 '헐~. 나보다 더 많이 하시는구만 뭘. 난 기껏 일주일에 한 번 동네 한 바퀴 도는 게 전분데.'라고 생각했다. 하지만 괜히 이런 소리 했다간 스님으로부터 폭풍 잔소리를 듣게 될 게 뻔해 입 밖에 내지 못한 채 조용히 식사를 마칠 수밖에 없었다.

식사를 마친 스님은 후식으로 나온 사과 한 조각을 드시면서 '소식'과 관련된 불가의 약석(藥石) 이야기를 꺼내셨다.

요약하자면 '원래 인도에서 중은 오후불식(午後不食)이라 해서 아침과 점심 하루 두 끼만 먹고 저녁은 먹지 않는다고 한다. 그런데 불교가 중국으로 건너오면서 젊은 스님들이 저녁에 배가 너무 고프니까 뜨거운 돌로 배를 지져 가면서 좌선을 했는데, 그래서 이 돌을 배고픔을 치료해 주는 약이라는 뜻에서 약석이라고 부르기 시작했다. 그러나 수행자들이 뜨거운 돌로 아무리 배를 지져 본들 실제로 얼마나 효과가 있었겠나. 결국 중국의 젊은 수행자들이 계속 배고픔을 호소하니 이래서는 참된 수행이 되지 않는다 하여 저녁을 허용하기로 하되 수행에 필요한 최소한의 양만 먹는 것으로 계율을 바꿨다고 한다. 그후 지금까지도 불가에서는 저녁 식사를 약석이라고 하는데, 그 단어에는 참된 수행을 위해 딱 배고픔을 치료해 줄 정도의 양만 먹는다는 뜻이 담겨 있다.'는 것이다.

스님도 예전에 한창 종단에서 일할 때는 배가 고프니까 약석을 드셨지만 예순이 넘어 '참 중노릇 한번 해 보자.' 결심하고 봉암사에서 3년 그리고 정혜사에서 3년 수행을 하면서부터는 지금까지도 약석을 드시지 않는다고 하신다.

스님의 설명이 끝나갈 무렵, 저녁 식사 때를 조금이라도 놓치면 화가 치밀어 아무것도 하기 싫어하는 나는 진지하게 스님께 '배고픔을 참는 비결'을 여쭤 봤다. "점심 드시고 나서 다음 날 아침까지면 굉장히 긴 시간인데 정말 배 안 고프세요?" 그러자 스님은 "배? 안 고파. 정 배고프면 과일 몇 조각 먹고 호두, 땅콩 조금씩 먹으면 괜찮아." 하시더니 "원래 중은 오후불식이야!"라고 하시며 웃으신다.

약석 이야기를 끝으로 자리를 털고 일어서시던 스님은 "지금 돌아보면 젊은 시절 자기 건강 믿고 술, 담배, 여자 좋아하던 친구들은 이미 다 죽었거나 살아 있어도 건강이 좋지 못해."라고 하시며 "왜 줄 알아? 늘 조심하고 관리하지 못해서 그런 거야. 문조! 너도 건강하게 오래 살고 싶으면 소식하고 천천히 먹으면서 늘 자기를 관리해야 돼. 타고난 건강 체질도 제 건강 믿고 술 마시고 담배 피우면서 여자 좋다고 돌아다니면 금방 가는 거야."라며 마지막 강조의 말씀을 잊지 않으셨다.

스님은 마치 건강 관리를 잘 못하는 다른 사람에게 얘기하듯 말씀하셨지만 꼭 내 얘기처럼 들려서 속이 뜨끔해서는 얼른 밥상을 치우면서 빈 그릇 담은 쟁반을 공양간으로 가지고 갔다. 공양간에서는 올해 81세 되신 노보살님이 다른 그릇을 치우고 계셨다. 노보살님은 나를 보더니 싱긋 웃고는 옆구리를 툭 치면서 내 귀에 대고 귀여운 목소리로 말씀하셨다.

"흥! 남들 보고는 만날 천천히 먹으라면서 스님도 바쁠 땐 엄청 빨리 드셔. 히히."

절과의 인연,
하림 스님과의 재회

　내가 7살이던 초가을 어느 날 작은아버지 집에서 살던 나에게 외할머니가 오셨다. 하룻밤을 같이 잔 외할머니는 다음 날 나의 손을 잡고는 버스를 타고 한참을 달려 남원군 인월면 근처의 백장암이란 곳으로 갔는데, 그곳은 아버지가 생전에 미장일을 다니셨던 곳이기도 했다. 백장암에서 사흘을 머문 후 외할머니는 원각 스님이란 분에게 나를 인계했고, 나는 그 스님의 손에 이끌려 버스를 타고는 더 깊은 산골의 버스 종점에서 내렸다. 그곳에서도 가파른 산길을 따라 두세 시간쯤 올라갔는데, 도착해 보니 경남 함양군 마천면의 영원사라는 절이었다.

영원사에서 하룻밤을 주무신 원각 스님은 다음 날 걸망을 지고 떠나면서 내게 굵은 눈물을 보이셨다. 또 몇 번이고 "잘 살아야 한데이." 라고 말씀하시며 내 손을 꼭 쥐고는 머리를 쓰다듬으셨다.

하지만 난 스님이 왜 우시는지 전혀 알지 못했다. 오히려 내가 위로한답시고 눈물이 뚝뚝 떨어지는 스님에게 환하게 웃어 보이며 조심해서 잘 내려가시라고 손도 씩씩하게 흔들어 드렸다. 이후 난 영원사에서 할머니 보살님과 주지 스님의 보살핌 속에서 다람쥐처럼 숲 속을 헤매거나 할머니 보살님을 도와 저녁거리용 감자를 깎으면서 살았다.

지리산 깊은 산중의 가을은 짧았다. 곧 온 산을 하얗게 뒤덮고도 남을 만큼의 눈이 내렸고, 눈이 그친 뒤 며칠 지나 따스한 햇빛이 내리 쬐던 어느 날 오후에 외할머니가 눈길을 걸어 하림 스님을 데려 왔다. 그때부터 형이랑 내가 절에서 같이 살게 되었다.

출도인(出道人)

지하 스님

龍湫溪從　流水聲
용 추 계 종　유 수 성

九龍山麓　鳥鳴多
구 룡 산 록　조 명 다

雷聲霹靂　閃電光
뇌 성 벽 력　섬 전 광

曦陽山門　出道人
희 양 산 문　출 도 인

용추골 흐르는 맑은 시냇물 소리 따라

구룡산 기슭 새들의 노랫소리 다양도 하다.

번갯불 번쩍 우렁탕탕 천둥소리에

희양산문에서는 도인이 태어나는구나.

봉암사 선원에서

발우 공양과 밥상머리 교육

막내는 오늘도 미역국과 함께 밥을 남겼다. 여태 수도 없이 잔소리를 했지만 막내의 식습관은 고쳐지지 않았다. 막내가 밥을 남기면 십중팔구 그것이 아내의 배 속으로 직행하는 것을 보게 된다. 그런 아내를 곁눈질로 훔쳐보다가 아내와 눈이라도 살짝 마주치면 밥상에 앉은 식구들은 모두 이런 말을 들어야 한다.

"어휴, 내가 못 살아. 내가 너 때문에 살찌거든!"

그렇다고 막내가 또래 아이들에 비해 식성이 좋지 않은 것은 아닌지라 보통은 밥그릇 여기저기에 밥알을 남겨 놓는 수준에서 식사를 마친다. 그런 막내를 볼 때면 나는 수없이 얘기했던 '아프리카 아이들은 밥도 굶고 있는데 어쩌구' 하면서 잔소리를 늘어놓고는 한다.

오늘도 밥을 남긴 막내를 보면서 모두가 지겨워하는 아프리카 이야기를 하려다가 차라리 내가 막내에게 식습관에 대한 모범을 보이면 어떨까 하는 생각이 번득 들었다.

"아들, 밥알 남기면 안 된다고 했지! 아빠가 하는 거 잘 봐."

그러고는 내가 먹던 밥그릇에 물을 조금 부어서 숟가락으로 밥알이 붙어 있는 밥그릇의 안쪽을 살살 긁어 내는 시범을 보여 준다. 그리 하면 밥알들이 잘 떨어지지만 딱딱하게 눌어붙은 부분은 숟가락으로 긁어 내어도 잘 떨어지지 않는다. 그럴 때는 어린 시절 쌍계사에서 발우 공양 하면서 배운 방법을 동원해야 한다. 우선 김치가 담긴 반찬 그릇에서 최대한 양념이 적게 묻은 김치 한 조각을 젓가락으로 집어서 물이 담긴 밥그릇에 넣는다. 그런 다음 젓가락으로 김치 조각의 가운데 부분을 살짝 눌러 밥알 부분을 문지르듯이 살살 닦아 주면 잘 안 떨어지던 밥알도 물에 불면서 말끔하게 제거된다. 그리고 김치의 고춧가루 양념과 김치 조각에 닦여 나온 밥풀이 담긴 국물은 후루룩 숭늉 마시듯 마신다. 남은 김치 조각은 후식 삼아 맛있게 씹어 먹고는 식사를 끝낸다.

하지만 지켜보던 막내는 어떻게 고춧가루와 밥풀떼기 떨어져 나온 그 물을 아무렇지 않게 마실 수 있냐는 듯 얼굴을 찡그린다. 물론 비위가 약한 사람들은 김치 씻은 국물을 마신다는 것을 상상조차 하기 싫을 것이다. 그러나 경험상 억지로라도 먹다 보면 그 오묘한 국물 맛도 맛있게 느껴지는 순간이 올 것이라고 확신하며 한마디 한다.

"잘 먹었습니다."

발우 공양 이야기를 꺼낸 김에 대체 발우 공양이 뭔가 궁금한 사람들을 위해 소개해 볼까 한다. 사전적 의미의 발우 공양은 '음식이 상에 오르기까지 헤아릴 수 없는 정성과 공덕이 쌓였으므로 이를 받아 자신의 허물에서 비롯되는 온갖 탐욕을 버리고 육신에 바른 생각이 깃들도록 하는 약으로 삼아 도를 이루기 위해 몸을 낮추어 먹겠습니다.'는 것이다.

그렇다. 실제로 발우 공양을 할 때면 좌중이 죽 둘러 앉아 제일 먼저 "음식이 상에 오르기까지…"로 이어지는 위의 말씀을 다 같이 염송하면서 시작한다.

다시 말해 오늘 우리는 음식을 먹기 전에 '음식이 상에 오르기까지 많은 이들의 헤아릴 수 없는 정성과 공덕이 쌓였음을 잊어서는 안 된다.'는 것이며 또한 '이들의 지극한 정성과 공덕을 생각해서 탐욕을 버리고 육신에 바른 생각이 깃들도록 수행하는 데 필요한 약으로 먹겠다.'는 것을 염송한 후에 공양을 시작하는 것이다. 그러니 먼저 이 음식이 어디에서 누구의 노고를 통해 내가 먹게 되었는지 그 고마움을 생각해서 최소한 먹을 만큼의 음식만을 취해야 할 것이며, 동시에 절대 콩나물 대가리 하나 남기거나 버리는 일이 없어야 할 것이다. 또한 다른 사람의 정성과 공덕으로 취하였으니 그 보답으로 '수행자는 더욱 정진할 것'이며 '탐욕을 버리고 바른 길을 걷는 사람이 되겠다고 맹세'하는 것이다.

어떤가? 소위 잘나간다는 사람들의 끝없는 탐욕으로 온 세상이 조용할 날이 없는 요즘 그들이나 우리나 꼭 새겨들을 말이 아닌가?

한편 발우 공양을 하기 위해서는 식사 도구인 바리때가 필요한데 바리때의 구조는 한마디로 코펠을 생각하면 이해하기 쉽다. 바리때는 외관상 하나의 그릇인 것처럼 보이지만 실제 내부 구조는 코펠처럼 정교한 총 다섯 개의 나무 그릇을 겹쳐 놓은 것으로 그릇들은 모두 용도가 따로 정해져 있어서 식사용으로 네 개가 쓰이고 나머지 제일 안쪽의 작은 그릇은 설거지를 위한 물('청숫물'이라고 함)을 담기 위한 그릇으로 사용된다.

이런 바리때로 식사는 어떻게 할까? 바리때는 그 밑에 정사각형 모양의 받침대를 네 번 접어서 보관하는데 받침대를 펴면 그릇 네 개를 펼쳐 놓기에 딱 맞는 소위 식탁보가 된다. 그렇게 그릇 받침대를 펼쳐서는 그 위에 밥그릇과 국그릇, 찬그릇, 숭늉그릇을 왼쪽 몸에서 가까운 데부터 시계 반대 방향으로 돌아가면서 가지런히 펼쳐 놓으면 음식을 받을 준비가 완료된 것이다.

음식을 취하는 방법은 뷔페를 생각하면 되는데 뷔페에서는 접시를 들고 본인이 먹고 싶은 음식이 진열된 곳으로 가서 음식을 취하는 데 반해 발우 공양은 가만히 앉아 있으면 차례대로 밥을 담은 통이 돌고, 다음으로 국을 담은 통이 돌고, 반찬을 담은 작은 상과 숭늉 주전자까지 돌아서 자기 앞으로 오게 된다는 것이고, 그때 자신이 먹을 만큼만 취하는 방식이다.

그렇다면 설거지는 어떻게 할까? 이는 앞서 내가 막내아들에게 시범을 보인 방식과 같다. 즉, 숭늉그릇에 담긴 숭늉을 밥그릇으로 옮기고 남겨 둔 김치 조각을 이용해서 밥알을 깨끗이 제거한 다음 그 숭늉을 다시 국그릇으로, 마지막으로 찬그릇으로 옮겨 가면서 김치 조각을 이용해 설거지를 하게 된다. 그리고 찬그릇에 있는 숭늉과 김치 조각을 먹고 나면 1차 설거지는 끝이 난다. 다음으로 청숫물이라고 그릇을 손가락으로 깨끗이 씻어 낼 때 쓸 물이 돌아오는데 이 물은 먹는 물이 아니니 물을 적당히 받아서 그릇을 씻는 데만 사용한다. 숭늉으로 1차 설거지를 할 때와 마찬가지로 밥그릇과 국그릇, 찬그릇,

숭늉그릇 순으로 그릇들을 깨끗이 씻어 낸 다음 그 물을 다시 청숫물 그릇으로 옮기고는 수건을 이용해서 바리때의 물기를 닦아서 물기가 남지 않도록 한다. 그러다 보면 청숫물을 받아 가기 위한 통이 돌아오게 되는데 여기에 청숫물을 비운 후 그 그릇까지 물기를 제거해서 발우를 작은 것부터 차례대로 포개어 정리하면 발우 공양이 끝난다.

그러나 항시 마지막에 반전은 남아 있다. 큰스님께서 청숫물 통을 확인하는 시간! 잘못하면 다시 바리때를 풀어야 하는 충격과 공포의 시간이 시작된다. 자주 있는 일은 아니지만 아주 가끔, 고춧가루나 밥알이 유달리 청숫물 통에 많이 가라앉은 날은 모두 바리때를 풀고 이미 설거지를 끝내고 통에 모아둔 청숫물을 다시 받아야 한다. 아귀라는 놈은 욕심이 많아 배는 산처럼 큰데 목구멍은 바늘구멍처럼 작아서 늘 배고픔에 고통받는 놈인데, 청숫물은 그 놈의 배를 채워 주는 물이라고 한다. 그런데 이렇게 건더기가 많아서야 되겠느냐고, 아귀의 배고픔을 해결해 주려다가 아귀 잡을 일 있냐고 불호령이 떨어진다. 그런 날에는 호통을 치시는 큰스님을 포함해서 우리 모두 적당히 그 물을 나눠 마셔야 했다. 구정물과 다를 바 없는 설거지 뒷물을.

청숫물을 나눠 먹을 때 스님이 인상이 굳어진 좌중에게 이런 말씀을 하신 적이 있다. 어떤 행자 스님 한 분이 냇가에서 밥에 넣어 먹을 콩나물을 씻는데 콩나물 대가리 하나가 떠내려 갔단다. 황급히 그 놈을 건지려고 냇물에 손을 담갔는데 그때 마침 콩나물이 물살에 떠내려 가는 바람에 한참을 쫓아가다 보니 십 리를 넘게 내려가게 되었단다. 간신히 콩나물을 건진 행자 스님이 다시 돌아와 보니 이미 밥 때는 훌쩍 지나 있었고, 크게 혼이 날 것이라 생각한 행자 스님은 조심스럽게 큰스님께 가서 자초지종을 말씀드렸단다. 그런데 가만히 그 얘기를 듣고 계시던 큰스님은 '음식이 밥상에 올라오기까지의 공덕을 잘 새긴 일'이라며 크게 칭찬하시고는 다음 공양 때 좌중에게 행자 스님의 행을 본받도록 해야 한다고 말씀하셨단다.

그러나 당시 그 말씀을 듣던 나는 솔직히 이렇게 생각했다. '흥! 콩나물 대가리 주우러 갔다 오는 데 쏟은 칼로리가 얼마야. 차라리 그냥 떠내려 가도록 냅두는 게 더 나은 거 아냐?'

우리 사회는 과잉생산과 과소비로 뭐든지 넘쳐나는 것처럼 보인다. 물론 여전히 주위에는 학교 급식비를 내지 못해서 점심을 굶는 아이들이 많다는 뉴스가 들리지만 농사짓는 사람들은 수매되지 않는 곡식으로 인해 논밭을 갈아엎거나 그대로 썩히는 게 낫다고 할 정도로 풍년이 더 걱정이라 하고, 또 어렵게 식탁에 오른 음식이라 하더라도 하루에 버려지는 음식물쓰레기가 하루 생산하는 음식물의 3분의 1이나 된다고 하니 그런 생산과 소비의 불균형, 가계 소득 차이에서 오는 불균형을 어디서부터 어떻게 해소해야 할지 고민이라 할 것이다.

한편 오늘도 텔레비전에서는 '아프리카의 일부 아이들은 먹을 게 없어서 굶어 죽어 간다.'며 유니세프를 통해 후원할 사람을 모집하고 있다. 저렇게 모집해서 광고비라도 충당이 될까 하면서도 정작 후원할 생각은 않고 혀만 끌끌 차는데 옆에 있던 아내가 말하길, 5년 전에 돌아가신 장인어른께서도 젊은 시절부터 돌아가실 때까지 유니세프 후원금을 매달 꼬박꼬박 내셨다고 하니 부끄럽기 짝이 없다.

요즘은 스님도 발우 공양을 하시지 않는다. 하긴 노보살님 한 분과 스님 이렇게 두 분만 생활하시는데 뷔페 같은 발우 공양을 할 수도 없거니와 한다 해도 더 번거롭기만 하겠다. 하지만 발우 공양이 가지는 참뜻을 잘 아시는 스님은 하루 두 끼만 드시고 저녁은 전혀 안 드신다고 한다. 주위에서 연세도 있으니 건강을 생각해서라도 좀 드시는 게 어떻겠냐고 권해 보지만 당신은 오히려 저녁 먹는 것이 건강에 해로워 안 드시는 거라고 말씀하시고는 다른 사람들에게 방해될까 봐 저녁 자리를 뜨신다. 수행자로서 몸을 유지하기 위해 최소한

의 음식만을 취한다는 발우 공양의 진정한 의미를 실천하고 계신 것
이라 생각한다.

스님으로 산다는 것

머리만 깎았다고 스님이 되지는 않는다. 세상 사람들은 무턱대고 절 생활을 동경하거나 또는 스님으로서의 삶이 편안한 것으로 착각하기도 한다. 그러나 건방진 얘기 같지만 어린 시절 13년을 절에서 살아 본 경험으로 말하건대 절에서 산다는 것이 결코 호락호락한 것이 아니라고 말하고 싶다.

절마다 사정이야 조금씩 다르겠지만 나의 경험을 가지고 절의 일상을 소개하면 이렇다. 새벽 4시면 일어나 한 시간 정도 법당에서 예불을 드리고, 예불을 마치면 밥상을 차린다. 6시가 안 되어 아침 공양을 하고 나면 1시간 정도 집안과 넓은 절 마당을 비로 쓸어야 하고, 잠시 쉬다가는 또 10시면 예불에 들어가야 한다. 11시 반쯤에 예불을 마치면 점심 공양을 하게 되고, 오후 2시경부터는 사십구재를 비롯한 각종 재를 지낸다. 그러다 보면 저녁 공양 시간이 되고, 저녁을 먹고 일어서면 6시. 어김없이 종각에서 북소리가 울리고 저녁 7시가 넘어서야 저녁 예불이 끝난다. 그리고 이어지는 경전 공부나 좌선을 하고 보통 밤 9시경이면 일과를 마치고 잠을 청하게 된다. 이처럼 절에서 산다는 건 마을에서 사는 것보다 훨씬 더 바쁘고 고달픈 생활의 연속이고 누구나 이런 생활을 버텨 내야 한다.

7살부터 고등학교를 졸업하던 때까지 13년을 절에서 살면서 나의 생활도 위와 별반 다를 바 없었다. 그러다 보니 늘 마을의 삶에 대한 동경이 있었는데, 무엇보다도 마을 아이들은 새벽 4시에 일어날 필요가 없다는 것만으로도 부러웠던 것이다.

스님은 몇 년에 한 번 정도 내게 머리 깎을 생각이 없는지 물어보시곤 했다. 난 딱 잘라 그럴 일이 없다고 말씀드렸다. 초등학교 시절엔 정말 새벽에 원 없이 잠 한번 자 보는 게 소원이었다. 그것이 내가 머리를 깎을 수 없는 가장 중요한 이유였다. 또 중고등학교 시절엔 좋아하는 여자 친구도 생겼고 친구들과 몰래 술 마시는 기분도 조금씩 알게 되면서 바깥 세상에 대한 동경이 더욱 커져만 갔다. 머리를 깎을 수 없는 이유가 추가된 것이다.

결국 난 고등학교를 마치고 산을 내려왔다. 절에 살면서 이 모든 욕망을 버릴 수 없었던 것이다. 그런데 하림 스님은 나와 달리 스님의 같은 물음에 우물쭈물하다가 머리를 깎았다. 당시 어린 나이에도 하림 스님은 나와 자신 둘 중 하나는 머리를 깎는 것이 스님의 은혜에 대한 보답이라고 생각했다고 한다. 그런데 어린 동생이 절대 머리를 깎을 생각이 없다고 하니 할 수 없이 자신이 머리를 깎게 되었다는 것이다. 아마 스님이 가끔 하림 스님에게 "문조는 빠릿빠릿해서 밖에 나가 뭘 해도 먹고 살겠지만 너는 밖에 나가면 못 살 거다."라고 하셨던 말씀도 영향을 미쳤을 것이다.

　　그렇게 하림 스님은 고등학교 3학년 때 머리를 깎고 스님이 되었다. 동국대학교에 입학해서는 곧 군대를 갔다 왔고 군대를 제대한 직후에는 복학을 하지 않고 공사 현장을 다니며 목수 일을 배우기도 했다. 내 짐작이지만 그 당시 하림 스님은 잠시 속퇴할 생각도 있었던 것 같다. 그러나 대학에 복학한 하림 스님은 스님이 계시던 종단에서 일을 좀 하다가 내가 제대하던 해인 29세에 지리산 영원사에 들어가서 백일기도를 했다. 당시 허리가 좋지 않았던 나도 휴학을 하고 요양차 잠시 쉬며 영원사에서 하림 스님과 함께 살았다.

　　하림 스님은 백일기도를 하면서 그중 21일 동안은 삼천배를 했는데, 하루도 아니고 21일간 계속 삼천배를 한다는 것은 어지간해서는 하기 힘든, 정신적·육체적으로 견디기 힘든 기도였다. 최근에 들은 바로 하림 스님은 그때 삼천배를 하면서 '내 인생에서 가장 행복한 순간이 언제인가?'라고 간절히 자문해 보았다고 한다. 그랬더니 '경전을 읽으면서 하루 종일 부처님의 말씀에 심취해 있을 때'가 가장 행복한 순간임을 알게 되었다고 한다. 그렇게 하림 스님은 백일기도를 하면서 다시 초심으로 돌아가 수행을 이어나갈 수 있는 큰 힘을 얻었던 것이다.

이렇듯 어느 날 세상이 싫어져서 모든 걸 훌훌 털어 버리고 머리나 깎아야겠다는 그런 마음가짐으로는 잠시라면 몰라도 오랜 세월 절에서 생활하기 어렵다. 대나무에 마디가 있듯이 수행자로서의 삶에도 굵은 마디가 있어서 지치거나 회의가 밀려오기도 하는 것이다. 그러나 많은 스님들은 그럴 때 온전히 자신을 위한 백일기도나 삼천배를 하면서 자신을 돌아보는 시간을 가진다. 그리고 다시 초심으로 돌아가 수행자로서의 삶을 감내할 힘을 얻는다. 그런 스님들에 의해 우리의 절은 수천 년의 세월을 이어 온 것이다. 머리만 깎았다고 스님이 되지는 않는다.

대나무에 마디가 있듯이
수행자로서의 삶에도 굵은 마디가 있어서
지치거나 회의가 밀려오기도 하는 것이다.
그러나 많은 스님들은 그럴 때
온전히 자신을 위한 백일기도나 삼천배를 하면서
자신을 돌아보는 시간을 가진다.
그리고 다시 초심으로 돌아가
수행자로서의 삶을 감내할 힘을 얻는다.
그런 스님들에 의해 우리의 절은
수천 년의 세월을 이어 온 것이다.

다 마찬가지야!

결혼한 지 3년째 접어들면서 잘 다니던 직장 생활을 접었다. 그 사이 큰 아이가 태어났고 또 둘째 아이는 임신 중이었다. 신혼이었지만 어디 좋은 데 구경 한번 못 가 보고 살았다. 허리띠를 졸라 매고 살았더니 다행히 결혼할 때 전세방 구한다고 얻은 빚은 어느 정도 갚은 상태였다.

다들 직장 생활 3~4년차가 고비라고 하던가? 나에게도 고비가 찾아왔다. '이 생활에 만족하며 그대로 늙어 갈 것인가 아니면 새로운 도전을 할 것인가?'

가장으로서 아내와 자식을 생각하니 쉽게 움직이기 어려웠다. 그러나 지금이 아니면 영원히 직장 생활을 벗어날 수 없을 것이라는 생각에 과감히 사표를 던져 버렸다.

아무런 대책이나 계획이 없었던 것은 아니었다. 노무사로서 개업을 해야겠다고 생각하니 미리 준비할 것이 많았다. 돌다리도 두드려 보고 건너는 성격인 나는 직장 생활을 하는 틈틈이 개업한 동기들과 선후배들을 만나 조언을 듣고 세세한 계획을 세웠다.

그렇게 시작한 사업이지만 계획대로 되는 것은 하나도 없었다. 막상 사무실 구하는 것부터가 문제여서 괜찮다는 자리엔 내가 들어갈 공간이 없었다. 어쩔 수 없이 노무사 사무실로는 전혀 어울리지 않는 곳에서 개업을 해야 했다. 역시나 찾아오는 손님은 아무도 없었다. 그래서 인터넷 광고와 전화 광고를 하면서 우편물 작업도 병행했다. 또 알든 모르든 연락처만 있다면 얼굴에 철판 깔고 직접 찾아가 명함을 돌리는 작업도 했다.

처음엔 이렇게까지 사업이 안 될 거라고는 상상도 못했다. 누구나 그렇듯 나도 장밋빛 꿈을 꾸었고, 계획대로라면 1년 이내에 손익분기점에 도달해야 했다. 그러나 1년, 2년 세월이 갈수록 빚만 계속 쌓여갔다. 그런 상황에서 더 큰 문제는 내가 직장인의 삶에 너무 익숙해져 있어서 사장으로 산다는 것이 무엇인지조차 모른다는 것이었다.

아침에 출근하면 그날 해야 할 일이 정해져 있고, 그 일에 대해 동료나 상사와 논의해서 보고서를 작성하고, 그렇게 작성된 보고서가 최종 결재되면 그에 따라 집행하면 되었던 그런 직장인의 삶!

그러나 사장이라는 직함을 갖게 된 나에게는 어떤 과제를 지시하는 사람도, 같이 논의할 사람도, 보고해야 할 대상도 그 누구도 없었다. 오직 나의 지시를 기다리는 직원만 있을 뿐이었다. 혼자 생각하고 혼자 결정하고 혼자 지시하고 또 그 결과에 대해서도 모든 책임을 져야 하는 고독한 사장의 자리. 그런 자리가 사장이라는 것을 미처 몰랐던 것이다.

그렇게 돈만 까먹고 있던 어느 날 도저히 안 되겠다 싶어 한 선배를 찾아갔다. 비록 업종이 다르지만 십여 년째 건실하게 사업을 하고 있고 학창 시절에는 아주 친했던 형님이었다.

그런데 그 선배가 하는 말이 "야! 너만 그런 줄 알아? 사업이 크든 작든 사장은 다 마찬가지야!" 하더니 "만날 돈 구하러 다니고 빚쟁이에게 시달리는 거 힘들지? 누구랑 얘기하고 싶어도 받아 주는 이도 없고 뭐든 혼자 생각하고 혼자 결정하려니 미치겠지? 그런데 그게 사장이야. 그런 게 힘들면 사업 접고 더 늦기 전에 취업 자리나 알아보는 게 좋아."라고 힘주어 말했다. 나 참, 기가 막혀서. 속으로 '내가 기껏 이런 말 들으려고 선배 찾아왔던가? 위로한다고 한 말이겠지만 하나도 위로가 안 되는데.'라고 생각했다.

그때 사무실 책꽂이 한편에 꽂혀 있는 『사장으로 산다는 것』이라는 책이 보였다. 눈이 번쩍 떠지는 기분이었다. 그래서 간절한 마음으로 "저, 이거 빌려 가도 돼요?"라고 물었다. 선배는 "책은 사서 보는 거지, 빌려 보는 거 아냐."라며 안 빌려 준다고 했지만 거의 뺏다시피 해서 집으로 가져왔다. 그날 밤 나는 꽤 두꺼운 분량의 그 책을 다 읽었다. 그런데 그렇게 허무할 수가. 결국 사장으로 산다는 것은 '네가 고민하는 거 세상 모든 사장이 다 고민하는 것이니 괴로워하거나 피하려 하지 말고 그냥 편하게 받아들이라.'는 것이었다.

가령 '자영업으로 성공할 가능성은 얼마나 될까? 성공의 기준이야 저마다 다르겠지만 성공은 고사하고 죽느냐 사느냐의 기로에서 5년 뒤에 살아남은 자가 30%도 안 된다. 또 5년 뒤에 용케 살아남았다고 해도 그들 중 80~90%는 월 수익이 300만 원도 안 되니 극히 일부 잘 나가는 사장을 제외하고는 어지간한 월급쟁이보다 못한 것이 현실이다. 따라서 지금 당신이 사장으로 살아남았다면 그 자체로 축복이다….' 그런 내용이었다.

처음 그 책을 봤을 때 나는 '사장은 이런저런 일을 해야 하고 또 이런 부분을 주의한다면 사업에 성공할 수 있다.'는 식의 경영 교과서를 기대했다. 그러나 아쉽게도 그런 부분은 전혀 기억나지 않는다. 다만 이 땅의 500만 명이나 되는 자영업자가 대부분 나와 같은 고민으로 괴로워하니 너무 실망하거나 자책할 필요가 없다는 위로 아닌 위로가 가득 담긴 책이었다.

벌겋게 충혈된 눈으로 책장을 덮은 나는 헛웃음밖에 나오지 않았다. 그래도 조금의 위안거리는 되었던 것 같다. 어쨌든 나의 고민이 나 혼자만의 것은 아니라는 걸 알았으니까. 곧 죽을 것처럼 헐떡거리며 산을 오르는데 저 멀리 나 말고도 헐떡거리며 산을 오르는 많은 동지들을 발견한 느낌이랄까?

사람이 죽으라는 법은 없는가 보다. 당장 차에 넣을 기름이 없어 아내 몰래 돼지저금통을 털어 출근하는 날도 있었고, 얼마 안 되는 생활비도 몇 달씩 밀리기 일쑤였으며, 심지어 여기저기 빚 독촉장이 수시로 날아드는 암울한 상황에서도 아내는 내색 한번 하지 않고 묵묵히 버텨 내었다.

한번은 전세방을 줄여 작은 집으로 이사를 가는 일이 있었는데 평수가 줄어드니 안 맞는 가구는 돈까지 줘 가면서 죄다 버려야 했고, 버릴 수 없는 가구는 아내가 또 어떻게든 머리를 써서 배치를 해야 했다. 아내에게 도처히 얼굴을 들 수 없는 하루였다. 그러나 그런 내 마음을 읽었는지 아내는 한순간도 나에게 실망의 눈빛을 보이지 않았다. 다만 친구 집에 맡겨 둔 아이들이 작아진 집을 보고 혹시라도 기가 죽을까 걱정해서 집안 여기저기에 예쁜 촛불을 밝혀 분위기를 한껏 내고 맛있는 간식을 준비한 다음에야 아이들을 데려오던 아내의 마음이 얼마나 고마웠는지 모른다.

그러고도 한동안은 어려움이 계속되었다. 하지만 내 옆에 아내가 있었다. 변변치 않은 생활비로 어린 두 아이를 키우면서도 언젠가는 내가 성공할 거라는 믿음을 거두지 않았던 아내가 그 시절을 견디는 큰 힘이 되어 주었다.

그렇게 8년이란 세월이 흘렀다. 사장이라는 것이 잘나가든 못 나가든 혼자 고민해야 할 것이 많아 틈만 나면 산성에도 가고, 공원에도 가고, 또 조용한 곳만 보이면 혼자 수첩을 펴고 앉아 생각에 생각을 거듭했다.

솔직히 수차례 고비를 넘기면서 사업을 시작한 것을 후회도 많이 했고 지금도 아주 가끔은 그럴 때가 있다. 몇 년 전 우리 사무실이 큰 위기를 맞았을 때 우리 직원이 이런 말을 자주 했다. '강한 자가 살아

남는 것이 아니라 살아남은 자가 강한 것이다.' 어떻게든 살아남겠다고 다짐하면서 여기까지 왔고 결과적으로 나는 5년 이상 살아남았다. 아니, 통계상 가장 위험한 시기를 넘겨 왔고 8년이 지난 지금도 살아 있으니 나는 살아남은 소수에 속할 뿐만 아니라 앞으로도 그럴 가능성이 한층 커졌다고 본다.

몇 년 전에는 창업을 준비하는 사람들을 대상으로 강의도 했다. 그때 강의를 듣던 그 초롱초롱한 눈빛들은 이 험한 세상에서 살아남았을까? 오늘도 혼자 어딘가에서 고민하고 있을 사장들에게 한마디하고 싶다.

"야! 그거 다 마찬가지야!"

참선이 뭐야?

어렸을 때 아무것도 모른 채 스님들과 참선을 한 적이 있다. 주로 새벽 예불이 끝나고 5시부터 30분 정도 했는데 30분이 3시간도 더 되는 긴긴 시간처럼 느껴졌다. 그 후 성인이 되어 속세에서 살게 되면서 몇 가지 책이나 스님들의 법문으로 참선이 어떤 것인지 어렴풋이 안다고 생각하지만 사실 누가 물어볼까 겁날 정도로 무식한 건 어쩔 수 없다.

스님은 환갑이 한참 지난 64세에 선방에 가서 69세까지 만 6년 동안 참선 수행을 하셨다. 선방에는 30~40대의 젊은 스님들이 대부분인데 예순이 넘어 선방에 가는 경우는 매우 드물며 더욱이 스님은 안거 때뿐만 아니라 평소에도 좌선을 계속하셨다고 한다. 점심공양

하기 전 짧은 시간이었지만 잠시 참선에 대해 여쭤 봤다.

"스님, 64세면 환갑도 지난 나이인데 왜 선방에 가실 생각을 하신 거예요?"

"응? 허허. 불가에서 말하기를, 사람이 태어나서 일생을 사는 동안에 한 번은 백일기도를 하고 죽어야 한다고 해. 한 번도 안 하고 죽으면 사람으로 태어난 공덕이 하나도 없다고 하는 거야. 그럼 백일기도가 뭐냐. 염불하면서 기도하는 것도 백일기도지만 석 달 동안 안거하면서 좌선하는 것도 백일기도인 거야. 내가 종회 의장을 하고 총무원에서 부국장 하면서 중노릇 삼사십 년 해도 그건 완전히 개뼉따귀 노릇인 것이야! 월급 받는 중노릇만 했지 아무런 공덕도 없는 거지. 지금까지 엉터리 중노릇 했으니까 이제 참 중노릇 해 보자 해서 다 때려치우고 64세에 선방에 간 거야."

잠시라도 명상이나 좌선을 해 본 사람은 알겠지만 사실 단 몇 분도 정신을 집중하기 힘든 것이 참선 수행이다. 더군다나 60대 중반이 된 노장이 한창 젊은 스님들과 똑같이 선방에서 좌선을 한다는 것은 상상조차 하기 어려운 일이다. 특히나 스님은 허리가 좋지 않아 평생을 고생하신 분이 아니던가.

"허리도 안 좋으시면서. 선방 갈 때 걱정되지 않으셨나요?"

"왜 걱정이 안 돼. 나도 처음엔 걱정을 했지. 하지만 봉암사에서 첫 철을 날 때 허리가 아파도 어떻게든 공부에 집중하다 보니 70여 일 지났는데 아프던 허리가 갑자기 말끔하게 나아서 빳빳해져 버렸어. 허허. 그렇게 첫 철에 공부하면서 힘을 얻은 거지. 그 이후에 봉암사와 정혜사를 합해 6년 앉아 있으면서는 거저먹기였지 뭐. 수행이 괴로운 게 아니라 아주 즐거웠어."

그것 참. 수행이 뭐기에 아픈 허리가 다 낫는다는 말인가? 나도 어렸을 적에 스님들 따라서 좌선한다고 삼십 분 정도는 앉아 있곤 했지만 그 시간이 나에겐 괴로움 그 자체였다. 잠시라도 졸면 어느 순간 죽비가 날아드니 졸 수도 없고, 무심코 앉아 있다 보면 다리도 저리고 허리도 아픈데 만화책에서 봤던 내용이나 친구들과 놀던 생각들만 우후죽순 생겨나서 그 생각 하다 보면 참선이 끝나는 것이었다. 그런 내가 볼 때 참선 수행이란 아무런 의미도 없이 생고생만 하는 것이었다.

"참선한다면서 가만히 앉아 있잖아요. 대체 가만히 앉아서 뭘 하는 겁니까."

"쉼 없이 들숨과 날숨을 챙기지. 우리 종헌에 불교 수련 방법으로 염불, 간경, 참선이 있어. 그런데 세 가지 방법 다 기본적으로 공통분모가 있는데 그게 뭐냐 하면 들숨과 날숨을 챙기는 것이여. 염불을 하더라도 들숨과 날숨을 챙기는 거야. 관세음보살을 고성으로 하면 공덕이 더 있다고 하는데 그 이유는 관세음보살을 고성으로 하면 들숨과 날숨이 저절로 챙겨지는 거야. 우리가 금강경을 쭈욱 읽잖아. '여시아문' 하면서. 그러면 자동적으로 들숨과 날숨이 챙겨지게 되어 있어. 참선도 마찬가지라서 화두를 챙긴다고 그냥 앉아 있어서 되는 것이 아니라 기본적으로 들숨과 날숨을 챙기는 것이 공부인 거야."

"가만히 앉아서 들숨과 날숨을 챙기면 공부가 되는 거예요? 그럼, 엄청 쉽네요?"

"그렇지. 허허. 들숨과 날숨을 챙기는 공부 방법은 부처님 태어나기 이전부터 인도 민족이 만들어 낸 수행 방법인데 부처님도 같은 방법으로 깨달았어. 부처님은 보리수나무 아래에서 들숨과 날숨을 챙겨서 새벽별을 보고 깨달았다고 하지."

"들숨과 날숨을 챙긴다는 것이 들숨과 날숨에 대해 생각을 하는 거예요?"

"그렇지. 들이쉬는 호흡을 배꼽 아래까지 가지고 오고 내쉬는 호흡도 배꼽 아래에서부터 하는 거야. 우리 몸뚱이의 뿌리는 배꼽으로 하단전이야. 아이가 엄마 배 속에서 배꼽 하나로 연결되어 있는데 그런 배꼽 일 점이 팔다리와 장기를 모두 만든 거야. 들숨과 날숨이 잘 되도록 하단전에 모든 의식을 집중하면 하단전에 힘이 생기면서 빛이 생겨나게 돼. 그렇게 하단전에 힘이 생겨야 그 힘이 우주를 자유롭게 왕래하는 부처가 되는 것이야. 그런데 이게 없으면, 죽으면 그냥 아무것도 없이 흩어져 버리는 거여.”

“그럼 들숨과 날숨만 챙기면 하단전에 힘이 생기는 거예요?”

“그렇지. 하단전에 힘이 모이면 그 힘이 우주에 있는 힘을 빨아들이는 거여. 하단전에 힘을 모아서 그 힘이 우주의 힘을 당겨서 그것으로 부처를 만드는 것이야. 우리 마음이 부처라는 것은 공연한 소리고 하단전의 힘으로 부처를 만들어야 진짜 부처가 되는 것이지. 부처님도 6년간 수행하면서 이 방법 저 방법 다 써 봤지만 실패했고, 결국 마지막에 들숨과 날숨을 챙기는 기본적인 수행 방법으로 돌아가 보리수나무 아래서 7일 만에 빛을 보았다는 거 아니야. 문조! 너도 수행을 통해서 여기 하단전에 힘이 생기지 않으면 죽어서 그냥 흩어지는 거여. 우주를 자유롭게 왕래할 수 있는 영원한 부처가 되지 않는 거지.”

‘숨 쉬는 것만 잘 챙기면 부처가 된다고? 하! 방법이 너무 쉬우니까 더 접근하기 어렵게 느껴지는 것은 나만의 생각일까? 하긴 뭐, 숨이 넘

어가면 죽는 거니까 안 죽으려면 숨을 잘 쉬어야 하는 건 맞는데.' 라
고 생각하는데 하림 스님이 갑자기 내 배를 가리키더니 "스님, 쟤는
아랫배에 해가 뜨는 게 아니라 이미 큰 알을 품었어요." 하는 바람에
크게 웃고는 혼자 미리 점심을 먹은 것처럼 튀어나온 배를 감추고 점
심을 먹으러 갔다.

재롱잔치

    점심 식사를 마치고 사무실로 들어와 느긋하게 커피 한 잔을 즐기며 음악을 듣는다. 가장 평온하고 아늑한 나만의 자유 시간!

    식곤증이 밀려오면 잠시 쪽잠을 자도 되고, 바람 쐬고 싶으면 가까운 동네를 한 바퀴 돌며 산책을 할 수도 있으며, 재미난 뉴스거리가 있으면 킬킬거리며 혼자 웃어도 좋다. 괜히 직원들의 눈치 볼 필요 없고 남의 자유 시간을 방해만 하지 않는다면 그게 뭐가 됐건 자연스럽게 내가 하고 싶은 것을 할 수 있다. 또 이 시간에 고객이 올 리야 없지만 설사 고객이 온다 하더라도 당당하게 점심 시간이니 기다려 달라고 할 수 있으며, 여기저기 거래처에서 문자나 카톡으로 구시렁대도 잠시 모른 척해도 그만이다. 정신없이 돌아가는 회사에서 하루 중 가장 행복한 시간을 꼽으라면 난 단연코 지금 이 시간이라고 하겠다.

그런 나의 행복한 자유 시간을 방해하는 휴대 전화 벨이 울린다. 갑자기 짜증이 확 몰려온다. 휴대 전화를 꺼내면서 나는 '죄송합니다. 지금은 전화를 받을 수 없습니다. 나중에 연락 주세요.'라는 자동문자메시지를 날려야겠다고 생각한다. 그런데 대문짝만 하게 뜬 발신인은 '하림 대사'다.

'어? 에이.' 이 전화는 받아야 한다. 반가워서 받는 게 아니라 이분은 나뿐만 아니라 그 누구라도 워낙 통화 자체가 힘든 사람이니 생사 확인을 위해서도 받아야 한다.

나 : 아이고, 하림 대사님.

하림 스님 : 어! 어허 그래.

나 : 우찌 더운 여름에 살아는 계셨네요. 후후.

하림 스님 : 그렇지. 살아 있으니 이래 전화도 하고 안 좋나. 하하.
　　　　　니 오늘 절에 올 수 있나?

나 : 아니, 왜요?

하림 스님 : 응, 스님 오실 거거든. 저녁에 스님 모시고 재롱잔치 할
　　　　　라고.

나 : 재롱잔치?

하림 스님 : 응. 그래 올 수 있나?

나 : 몇 시에 하는데?

하림 스님 : 올 수 있을 때 와. 빨리 오면 좋고.

나 : 다섯 시까지 갈 게요. 절에서 봐요.

하림 스님 : 오키. 수고.

그렇게 전화를 끊었다. 그런데 전화를 끊고 보니 '웬 재롱잔치?' 하는 생각이 든다. 뜬금없이 재롱잔치라니. 뭘 어떻게 한다는 거지? 재롱잔치는 유치원 애들이나 하는 거 아냐? 절에 애들이 있을 리는 없고 그렇다고 하림 스님이나 나나 장가 빨리 갔으면 손주를 봤을 나이에 설마 우리가 애들처럼 '산토끼 토끼야~' 하면서 깡충깡충 춤을 추자는 것도 아닐 거고. 그렇다면 내가 지금까지 재롱잔치의 의미를 잘못 알고 있었나? 그래서 찾아봤다. 국어사전에는 '어린아이들이 어른들에게 재미있는 말과 귀여운 행동을 보여 주는 잔치.'가 재롱잔치라고 되어 있다. 그렇다. 재롱잔치는 어린아이들이나 하는 것이다. 그런데 애들이 어디 있다는 거지?

스님께서 구수한 노래 한 가락을 뽑는다.

"두만~강~ 푸른 물에~ 노 젓는 뱃~ 사공….."

저녁 7시나 되었을까? 하림 스님과 나, 그리고 절에 계시는 다른 스님 한 분과 처사님 한 분, 보살님 세 분이 모여 앉았다. 스님께서는 간단하게 어찌 사는지 안부를 물으시며 슬슬 분위기를 잡아 가시더니 곧 노래를 시작하셨다. 흔한 음향 기기나 마이크도 없다. 그냥 스님이 목청을 가다듬으시고 한 가락 쭈욱 뽑으면 주변 사람들은 자연스럽게 박수를 치며 호응하게 되어 있다. 그렇게 재롱잔치는 시작되었다.

스님께서는 노래를 시작하면 처음부터 끝까지 1절부터 2절, 3절까지 다 외워서 부르신다. 심지어 그 어렵다는 애국가도 가사 한 자 틀리지 않고 4절까지 완창을 하신다니 스님의 기억력과 노래에 대한 열정은 알아 줘야 한다. 하림 스님의 얘기로는 1년에 한두 곡 정도는 신곡 발표도 하신단다.

스님의 노래가 끝나자 이번에는 스님께서 내게 노래 한 가락 하라고 하신다. '아! 어쩌지?' 나도 노래방 가면 노래 좀 한다는 소리를 듣고 살지만 마이크도 없고 반주도 없고. 특히 가사를 제대로 아는 게 없는데 노래 책도 없이 노래를 부르라니 막막하기만 하다. 내가 우물쭈물하는 사이 옆을 보니 다른 보살님들과 처사님이 자기 차례에 뭘 해야 할지 고민하느라 표정이 조금 굳어 있는 듯 보였다. 역시 이런 상황에서는 어린 시절 가사를 외워 가며 불렀던 옛날 노래가 최고일 것이다. 그래서 '꽃 피는 동백섬에…'로 시작하는 '돌아와요 부산항에'를 불렀다. 하지만 가사에 자신 있었던 이 노래마저 중간 중간에 계속 생각이 나지 않아 옆에서 아는 분들이 조금씩 같이 불러 주어서 어찌됐든 노래를 부를 수 있었다.

겨우 노래를 마치니 스님께서는 싱긋이 웃으며 "문조도 노래 잘하네. 잘해." 하시며 칭찬하신다. 겉으로는 빙그레 웃었지만 속으로는 내 차례가 지나갔다는 안도감에 '휴~.' 하고 한숨을 쉬었다. 다음 차례로 보살님께서 나름 꾀꼬리 같은 목소리로 노래를 하시는데 어라! 한 손에 휴대 전화가 들려 있다. 순간 '아! 이런 방법이 있었네!' 하고 부러워하면서도 한편으로는 '근데 이런 식으로 가사를 훔쳐보는 거는 반칙 아냐?' 하는 생각이 들었다.

그렇게 돌아가면서 노래를 하고 박수를 치면서 노는데 중간 중간에 스님의 짧은 평과 칭찬이 따랐다. 가령 "보살님은 전보다 노래가 많이 늘었네. 허허."라거나 "하림이도 노래를 참 잘해." 또는 "허허, 스님 노래가 기가 막히네. 노래 안 했으면 섭섭해서 어쩔 뻔 했노?"라는 식이다. 그렇게 스님과 우리가 작은 방에 모여 앉아 재미난 얘기도 나누고 박수 치며 노래도 부르면서 노는데 그것이 하림 스님이 말하던 재롱잔치였던 것이다.

속가에서의 부모는 어떤 의미일까? 일반화할 수는 없겠지만 장성하여 결혼한 자식에게 부모는 명절에 한 번씩 문안드리거나, 가끔 집안 행사가 있거나 제사가 있는 날이 아니라면 평소에 얼굴 보고 살기도 힘든 분이 낳고 키워 준 부모가 아니었던가? 또 자식들이 모여 큰맘 먹고 용돈을 좀 드리기로 하거나, 칠순이나 팔순 때 자식들끼리 갹출해서 부모님 해외여행 한 번 보내 드리는 행사를 치른다면 주위에서 훌륭한 자식 됐다고 칭찬받을 만하다 하겠다.

십여 년 전, 그러니까 신혼 초였다. 내일모레가 구순(90세)인 장인어른께서는 장모님과 같이 서울로 올라올 때면 지근거리에 붙어 있던 우리 집과 처형 집에서 번갈아 가며 2개월씩 머물다 내려가셨는데, 그 연세에 어찌나 활력이 넘치시는지 밤마다 가족들과 집에서 화투판을 벌이셨다. 나와 동서는 귀가하기 전에 항상 오늘은 장인어른이 어디에서 화투판을 벌이고 있는지 알아봐야 했고, 집에서 저녁을 먹기 무섭게 화투판에 끼어야 되다 보니 엄청 피곤하고 힘들었다. 게다가 장인어른은 젊은 우리도 못 따라갈 정도로 체력이 좋으셔서 12시가 가까워지면 사위들은 '아이고 허리야, 무릎이야!' 하는데 장인어른은 허리 한 번 주무르거나 무릎 아프다는 소리를 하지 않으셨으니 참 대단하신 분이었다. 화투판이 끝나려면 장모님이 나서서 한 말씀을 해 줘야 했는데, 그럴 때면 짐짓 모른 척하며 "어! 벌써 그래 됐나? 그럼, 이제부터 딱 삼세판!"을 외치셨다.

그땐 밤마다 화투를 친다고 많이 힘들었지만, 막상 몇 해 전 장인어른이 돌아가시고 나니 화투를 치면서 "쓰리 고!"를 외치시던 장인어른이 가끔 그립기도 하다. '내가 죽으면 내 자식들은 어떤 추억으로 날 기억하게 될까?' 벌써 할 얘기는 아니지만 그래도 이런 생각이 드는 건 나도 이제 나이를 좀 먹어서 그런가 보다.

속가에 자식이 있다면 절에는 상좌가 있다. 스님이 과거 쌍계사에서 주지 소임을 맡던 당시에 출가한 몇몇 스님을 상좌로 두셨다. 전곡, 중현, 중효, 중홍, 중암, 중선 등. 속가로 치자면 자식이 꽤 된다고 해야 할까? 자식들 중 장남이라 할 전곡 스님은 몇 해 전에 스님보다 먼저 돌아가셨는데 스님께서 너무나 애통해하셨다고 한다. 지금은 둘째인 중현 스님이 맏상좌 그러니까 맏아들 역할을 하시고, 하림 스님은 상좌들 중에서 거의 막내뻘에 속한다. 속가에서도 내리사랑이라고 했던가? 스님은 막내뻘인 하림 스님이 기거하는 미타선원에 오시는 것이 즐거운 눈치다. 하긴 하림 스님이 초등학교 때부터 대학시절까지 온갖 사고를 많이도 치고 다니다 보니 미운 정이 쌓여도 쌓였을 것이다.

스님은 주로 운전할 때 차 안에서 음악을 듣는다고 한다. 그러다가 마음에 드는 곡이 나오면 열 번이고 스무 번이고 반복해서 들으시면서 가사를 외우시고는 다 완성되었다고 생각되면 상좌들 절에 가서 신곡 발표를 하신다고 한다. 속가에 사는 내가 봐도 누구보다 즐거운 노년의 삶이다. 사실 속가에 사는 어느 부모가 이렇게 하며 살겠는가? 스님의 소탈하신 성품 때문이기도 하겠지만 살아 계실 때 장인어른이 했던 것처럼 '내 자식과 재미있게 놀고 싶으면 나부터 재미있게 놀 준비가 되어 있어야 함'을 보여 주시는 게 아닐까?

참 부럽습니다

참 부럽습니다.
때때로 부러웠습니다.

자상한 아버지 같은
효심 깊은 아들 같은 은사 스님과 제자의 인연이
참 좋아 보였습니다.

우리는 반복되는 관계 속에서
몸부림치도록 좋은 인연이기를 원합니다.

그래서 옛 어른 스님이 항상 말씀하셨죠.
"조건을 성숙시켜라!"
지혜로운 답입니다.

지하 큰스님의 대화법은
항상 칭찬입니다.
그것도 과하게 칭찬합니다.

"그래, 장하다!"
"그럼, 우리 하림이가 최고지! 문조가 멋진 사람이야!"
라고요.

그런 제자가 스님의 희수를 맞이하여 책을 내었습니다.
덩달아 좋아서 저도 그림을 함께 보탰습니다.
흐뭇합니다.
예전부터 하림 스님과 그의 동생 문조 거사에게
유년 시절의 이야기를 닳고 닳을 정도로 많이 들었지요.
눈물을 글썽이면서.

은사 스님께서 어린 형제를 믿어 주어 큰 힘이 되었다는 이야기,
중고등학교 때 공부를 잘해서 스님께서 자랑스러워하셨다는 이야기,
군 입대 시절 은사 스님께서 자상하게 아버지처럼 챙겨 주셨다는 이야기.

얼마나 든든했을까요?

어린 시절 얼마나 그 품 안이 편안했을까요?

그런 어른 스님은 인품이 참 편안합니다.

어떠한 대화도 거리낌 없이 술술….

친구 같고 엄마 같습니다.

참 좋습니다.

미타선원에서는 안거 결제와 해제에

어른 스님을 모시고 법문을 듣곤 합니다.

스님은 오실 때마다 거리가 멀다, 몸이 옛날 같지 않다 하시지요.

제자는 말합니다.

"스님! 제가 더 자주 모셔야 하는데 너무 힘들게 해서 죄송해요."

정겨운 모습입니다.

저 또한 그런 좋은 스님들의 모습을 자주 보고 싶습니다.

자주 기억하고 싶고 자주 뵙고 싶습니다.

스님, 건강하세요.

스님, 고맙습니다. 사랑합니다.

스님의 정원

| **1판 1쇄 발행_** 2016년 11월 11일
| **2판 1쇄 발행_** 2017년 5월 10일

| **지은이_** 지문조
| **그 림_** 희 상
| **펴낸이_** 오세룡
| **기획 · 편집_** 손미숙 박성화 박혜진 이연희 최은영 김수정 손수경 김영주
| **디자인_** 고혜정 김효선 장혜정
| **홍보 마케팅_** 문성빈
| **펴낸곳_** 담앤북스
　　　　　서울특별시 종로구 사직로8길 34 (내수동) 경희궁의 아침 3단지 926호
　　　　　대표전화 02)765-1251 전송 02)764-1251 전자우편 damnbooks@hanmail.net
　　　　　출판등록 제300-2011-115호
| ISBN　979-11-87362-34-0 (03810)

정가 13,000원